脑洞三国

黄翔　陈琛 —— 著

电子工业出版社·

Publishing House of Electronics Industry

北京·BEIJING

图书在版编目（CIP）数据

脑洞三国 / 黄翔，陈琛著 . -- 北京 ：电子工业出
版社，2025. 7. -- ISBN 978-7-121-50290-3

Ⅰ . I247.5

中国国家版本馆 CIP 数据核字第 2025DL7602 号

责任编辑：张春雨
印　　刷：河北迅捷佳彩印刷有限公司
装　　订：河北迅捷佳彩印刷有限公司
出版发行：电子工业出版社
　　　　　北京市海淀区万寿路 173 信箱　　邮编：100036
开　　本：880×1230　1/32　印张：8.75　字数：252 千字
版　　次：2025 年 7 月第 1 版
印　　次：2025 年 7 月第 1 次印刷
定　　价：68.00 元

凡所购买电子工业出版社图书有缺损问题，请向购买书店调换。若书店售缺，
请与本社发行部联系，联系及邮购电话：（010）88254888，88258888。

质量投诉请发邮件至 zlts@phei.com.cn，盗版侵权举报请发邮件至
dbqq@phei.com.cn。

本书咨询联系方式：faq@phei.com.cn。

目录

第一章

穿越

短视频的精彩分享，"双十一"的限时抢购，热腾腾的饺子，香气扑鼻的火锅，家人聚会的笑声和拥抱，你觉得生活的一切都理所当然。

可是，如果有一天，这一切都突然消失不见，深陷黑暗的你是否还有勇气面对生活？又或者，你会不会努力地做黑暗中的一束光，给世界带来光明和温暖？

让我们先从两份简历开始。

姓名：黄飞

职业：三甲医院脑外科医生

技能：医术赞，会说笑话

课题：专攻脑机接口，醉心科研和发表论文，希望青史留名

事业：不懂得向上社交，迟迟未得晋升

婚姻：爱情"I人"，与暗恋的异性交往能力差，40岁大龄"剩男"

姓名：宣言

职业：三甲医院麻醉科医生，小美女

技能：各类麻醉技术赞，脱口秀水平不错

课题：如何在三甲医院愉快地"躺平"

事业：不求上进，医院绩效改革导致收入骤降，错过在上海买房上车的黄金时期，工作多年依然租房

婚姻：未婚，幻想以婚姻为跳板，在上海住豪宅当少奶奶做人生赢家，业余时间被接踵而至的相亲占满

这天，上海中华医院的手术室里，脑外科医生黄飞和麻醉科医生宣言刚合作完成一台高难度的脑外科手术。

六个小时，累！

然而，两人都顾不上疲惫，反而一脸振奋——今晚，他们都安排了非常重要的活动。

"加油，晚上一举拿下那个富二代！"黄飞一边匆匆往外走，一边笑嘻嘻地说了一句。

宣言立刻露出明媚的笑容。今晚要见的相亲对象，是远方姑妈介绍的浙江五金厂厂二代，虽然丑一点儿，但个子挺高。微信朋友圈里每天晒的都是名车豪宅，游艇高尔夫。毕业八年，宣言早已厌倦被房东赶着下个月搬家的生活，而看着自己可怜的工资单，她又很识相地放弃了自己在上海买房的想法。无论怎么看，如今的她，只剩下相亲嫁人这一条路了。

"谢谢！"宣言很仗义地回报祝福，"祝你晚上实验一切顺利，

早点儿把论文发出来,以后把黄飞的名字印在医学院教科书上!"

作为比宣言早毕业几年的学长,黄飞倒是赶在上海房价暴涨前买好了一套小两居。他目前的人生重心,是在脑机接口这样前沿的科研领域,发表开拓性的论文,开宗立派,让所有人都记住自己的名字。否则,一天天地在手术室里,开脑子关脑子,岂不跟泥瓦匠一样干的是体力劳动?

"承你吉言!今晚是最后一个对照组了,希望一切顺利啊。"黄飞长舒一口气。

然而两人一走到走廊,透过窗户看到外面的景象,脸色都变了。

明明才下午4点不到,窗外却乌云翻滚,宛如黑夜。雷电交加,风急雨骤,院子里的大树都被吹得东倒西歪,街上更是一个人都见不到。

黄飞心里叫一声不好:"这个鬼天气,约好的志愿者不会不来了吧?"

黄飞赶紧掏手机查信息,宣言也跟着翻起了自己的微信。果然,厂二代说,台风突袭,改天再约饭。

宣言大失所望:"搞什么啊!早上手术前还好好的,怎么突然就刮台风?早知道应该先去静安寺拜拜。"

黄飞此时也看到了志愿者说赶不过来的消息,但他看着一脸失望的宣言,忽然脑中灵光一现,冒出了一个念头。

黄飞:"小宣,反正你也没事了,要不,你帮忙顶一下志愿者,让我采集一下你的脑电数据吧。"

宣言一脸不情愿:"不是我不想帮,但你那个脑机接口的电极太黏了，我要重新洗头的。"

黄飞继续运用三寸不烂之舌："反正现在哪儿也去不了嘛！天气预报说台风还要刮三个小时。实验就十分钟，剩下的时间足够你洗头了。"

见宣言脸色松动，黄飞立刻趁热打铁，直接拿过她手上的麻醉箱："来来来，我帮你拿，这个箱子太重了。我的实验室很近的，拐个弯再坐个电梯就到。结束了我请你吃晚饭！"

于是，两人穿着工作服向实验室走去。

命运的齿轮已开始转动。

实验室里，两人都戴上了电极帽。

黄飞道："我和你同时采集，看我做什么你就做什么，这样采集数据效率最高，很快就好了。"

显示屏上，两人的脑电波数据在逐帧导出。一切顺利，实验眼看就要进入尾声。

突然，天空中一道闪电劈向实验室的变电器，实验室电脑开始冒烟，一股强大的电流通过电极帽进入两人的大脑，实验中的两人顿觉灵魂出窍。意识在自己往上升，快速地离开了身体！

"不好，实验室事故！快跑！"黄飞大叫道，慌乱中紧紧抓住麻醉箱。

可此时，避险已经毫无意义。电光石火间事故发生，两人陷入昏迷。

汉献帝建安十年（公元205年），距离赤壁之战还有三年，东吴，破败的沪渎重玄寺。

不知道过了多久，黄飞醒来，竟发现周遭一片黑乎乎的。第一个念头是：不会是台风把医院的电力系统搞瘫痪了吧？糟糕，要赶紧去看看那几个恢复期的病人。

可刚刚站起身，却发现情况不对。这并不是自己的实验室！他躺在一个逼仄的空间里，一边是墙，一边是一块巨大的木头。黄飞起身，抓起脚边的麻醉箱，穿过缝隙钻到木头外。抬眼一看，那块巨大的木头竟然是一尊佛像——慈目低垂，体态安详，正似笑非笑地望向自己。

黄飞惊呆了，望着佛像，久久失神。这是梦吗？刚才明明在实验室里。黄飞打了自己一巴掌——疼！

还没等黄飞回过神来，耳边传来一阵尖叫："这是哪儿啊！"原来宣言也在大殿内，此时刚刚醒来。

太好了！黄飞激动地跑向宣言，把她拉了起来："你别叫你别叫，我也在！"

宣言看到黄飞，心神稍定，掐着他的手臂问："我们怎么会在这里。这是哪儿啊？"

好疼！

两人再次环视四周，日暮时分，殿内连盏灯都没有，昏暗阴沉。仔细看，佛像原先是有些油彩的，只是现在油彩基本都败落了，露出了木头本色，可见这并不是个香火旺盛的寺庙。四周角落里结着不少蜘蛛网，风一吹，飘飘摇摇，更显凄凉。两人还没想明白怎么回事，忽然听到外面传来一阵女人的哭喊声。随着阴风阵阵，声音飘入殿内，恐怖气氛顿时拉满。

宣言脸色煞白，掐着黄飞胳膊的手更加用力，声音都颤抖了：

"这……不会是传说里的阎王殿吧？我们不是死了吧！"

黄飞内心也十分慌乱，但想到宣言是因为帮自己做实验才落到这步田地的，只能强打精神："你别胡思乱想，怎么可能！"

"那……外面的是什么声音？"女人们凄厉的哭声越来越近，宣言吓得躲到了黄飞身后。

黄飞也来不及多想，一手拉着宣言，一手提着麻醉箱，原路钻回了佛像背后。两人刚气喘吁吁地藏好，声音已经传到了殿内。哭哭啼啼，咿咿呀呀，十分嘈杂。但听了一会儿，就能听出不是鬼声。两人甚至找到了一些熟悉感，恍如身处中华医院急诊室的"兵荒马乱"之中。

于是，黄飞和宣言对视一眼，都悄悄探出头，从佛像底座的缝隙往外看去。

只见殿内有一架板车，板车上似乎躺着一个身着古装但快要断气的老年男人。一个年老的女人声嘶力竭地哭着，这就是那凄厉的"女鬼"声了。而另一个年轻的女孩，正跪在佛像前，操着沪语哭拜："求佛祖开恩，救救我的父亲。"

宣言对黄飞耳语："你看他们穿的，都是汉服！在淘宝上买一套这样的汉服可不便宜。"

什么鬼？现在连 Cosplay 都这么卷吗？演的像真的似的！

"你说，他们是不是在拍戏啊？我们会不会误入哪个剧组了啊？"宣言又脑洞大开。

"不知道啊。"黄飞一时也摸不着头脑。自己刚才不是在医院吗，怎么又到剧组了？

"断气了，断气了！怎么办？佛祖，求求你！！"老年女人忽然撕心裂肺地叫起来。

"不像是在拍戏，我们出去看看吧！"黄飞道，"万一真有事，人就没命了。"

"那咱就是见死不救，医务人员违法了。"宣言附和。

两人戴着手术帽，穿着手术室内衣，披着白大褂从佛像后快步跑出道："怎么了？我们来看看！"

两个女人看到此等情形，大叫道："有鬼啊！"

"别慌，我们是来救人的。"听到黄飞这句话，两个女人自觉让开了板车前的空间，不是相信了他的话，而是被惊吓得不由退避。

"老年男性，约60岁，心跳呼吸骤停，口鼻腔内有大量呕吐物，可能是窒息。人都紫了！要抢救！"宣言顾不得她们的反应，一边检查病人的情况一边大叫。

"你快点儿插管，我做CPR！"黄飞拿起麻醉箱递给宣言。

宣言迅速进行气管插管，然后捏气管皮球往插管里注入气体，黄飞开始进行心脏按压。

病人心跳没有回来。但旁边两个汉服女人看傻了。

"别傻站着，你帮我捏皮球，我建立静脉通路！"宣言对着旁边的年轻女子道。

"30比2，我按30次，你捏两次皮球，OK？"黄飞着急道。

年轻女子懵懂地开始捏皮球。

宣言开始打静脉针："我推心三联，咱俩核对药品！"

黄飞答应一声："好的！"

两人配合十分默契，很快将药物注入患者体内。

继续心脏按压。

十分钟后，心跳回来了，呼吸回来了！老人终于得救了。

在患者渐渐睁开眼睛那一刻，黄飞和宣言都长舒一口气。两人搭档已经四年，在手术室救过无数病人。但在这么奇怪的场合还能如此默契，值得互相给对方竖一个大拇指。但还没来得及开心，只听"扑通"两声，那两个汉服女人已经跪倒在了他们面前。

"菩萨！"一老一小两个女人止不住地对两人磕起头来。

"别这样别这样，快起来！"两人赶紧去扶起她们。

这时黄宣二人才得以仔细观察，这两个汉服女人衣裳破旧，面色蜡黄，都一副营养不良的样子，似乎不像 Cosplay 的演员。问及二人关系，了解到二人是母女。女孩名叫婉盈。板车上的是婉盈的父亲。父亲一直患有"心痹之症"，服药效果不佳，这几日天气突然变冷，加上中午吃多了，突然感到心痛难忍，随即严重呕吐，一口气接不上来，竟然快要昏死过去。母女二人请不起大夫，一时慌乱竟不知如何是好。邻居给出主意，说沪渎重玄寺虽然破败没有和尚，但供奉的佛祖据说很灵验，不如快去求佛祖，死马当活马医。

黄飞和宣言对看一眼：原来这里是沪渎重玄寺。

但，沪渎重玄寺又是哪里呀！

黄飞于是试探着问："既然病人已经苏醒，那不如赶紧送回家休息，寺庙不能久留。可是这是哪儿呀？"

"这里是娄县。"婉盈垂着眼睛，恭敬回答。在她心里，黄飞二人都是菩萨化身，她可不敢妄视。

"娄县是哪里？请问哪儿有高铁站能让我们回上海吗？我们加个微信以后多联系！"宣言拿出手机才发现竟然没有信号。

高铁？上海？微信？母女二人无不一脸茫然，仿佛从不曾听说。不过菩萨说的话，她们不敢驳，也不敢问。

"哎哟不要装了，你们出行都靠啥，两条腿吗？"黄飞看着母女脚上的破烂草鞋，似乎觉得有些不对劲，"你告诉我，现在是什么时候，哪一年？"

"大汉建安十年。"婉盈道。

建安是什么鬼？黄飞依稀记得这是三国时期才有的历史名词。

"What？汉朝末年！怎么可能？"黄飞惊呼！

"都别演了，我的相亲怎么办？快点儿醒来！"宣言都急了。

"两位菩萨千万别乱说话，大汉万万年！这里靠近大将军的吴郡，被人听见会被抓去杀头的！"婉盈赶紧阻止。

此时，板车上的婉盈父亲醒转过来，轻声喊渴。婉盈母亲立刻赶到了板车边，婉盈又对黄飞二人磕了两个头："谢谢两位菩萨的大恩大德，小女回去后一定传颂菩萨功绩，让我们县的人都来给菩萨添香火！"

黄飞大为尴尬："我们真不是菩萨，我们是医生……好吧好吧，随便你们吧。赶紧回去，让病人好好休息。"

婉盈母女将信将疑，再三磕头后终于推起车往外走去。

"等等！"宣言忽然高喊一声，"能带我们一起回去吗？"

婉盈母女喜不自胜："太好了太好了，我们全家三生有幸！"

黄飞还没反应过来，宣言一个白眼翻过来："难道我们晚上就住在这庙里吗？全是你拉我做什么实验，才会碰到这么奇怪的事！"

"也对。"黄飞点点头。事到如今，也没有别的办法，暂且相信这家人。

这一路上，看到的竟都是古装街景，所有人都是汉服扮相，并不像在演戏。即使在横店，也会有卖票的工作人员吧！这到底是怎么回事？

不会真的穿越了吧？

终于到了婉盈家。虽然对家徒四壁有所预期，但还是没想到全家人是挤在一张床上的，黄飞二人只能睡地板。

安顿好患病的婉盈父亲后，黄飞便问婉盈有没有两套男装给两人换洗用。

宣言把黄飞拉到一边："坏人，为什么帮我搞男装？"

黄飞道："你别急。现在我们姑且当自己穿越了，但在没搞清楚怎么穿回去前，我们是不是得在这糊口？我们能干吗？不还得当医生吗？汉朝女人不能为医，要杀头的。我们穿着奇装异服，这家人暂时没搞清楚你的性别，所以现在有两个方案：第一，你是女人，那你就不是医生，你是我老婆；第二，你是医生，那你就是男的。"

宣言斩钉截铁地说："你把我害到这里，与其嫁给你，我还不如做个男的！"

黄飞道："我们先安顿下来，搞清楚是不是综艺节目真人秀。如果真穿越了，我们也要从长计议，找到办法回去。"

从此之后，宣言开始女扮男装，只是每次如厕洗澡都需要百般掩饰，很不方便。她扮成男人后，实在清秀俊美，很得婉盈和左邻右舍众女子的青睐。渐渐地，大家叫黄飞仍是黄飞，而把宣言叫成了"宣公子"。

两人自从借住在婉盈家中后，"是菩萨从庙里派来的"的名头便不胫而走，加上治好了婉盈父亲的病，一时声名大噪，被街坊四邻颂为"活菩萨"。两人信心满满，想来靠着现代的医术，绝对能在东汉博得"神医"美名，赚诊金赚到财富自由。

但两人左等右等，也没等来上门求诊的病人。原来，婉盈家位于娄县贫民区，左邻右舍都是干粗活的贫贱市民。适逢汉末世道，诊金昂贵，看病只是富贵人家的特权。穷人应付得病，无非一个"拖"字诀。不是拖到自己康复，就是拖到死，从来没有看病的习惯。

于是乎，两人当"神医"的计划落空，只得依靠着婉盈一家生活。而作为回报，宣言继续调理婉盈父亲的心脏病，黄飞则陪着婉盈母亲到市集卖菜赚取家用。见婉盈母亲生意清淡，黄飞提议："婆婆，不如卖菜的时候送小葱，这样会有更多人来买。""送你葱"的奇招一出，菜卖得快了很多，市集小贩纷纷效仿。

一日，黄宣二人在家中休息，突然急促的敲门声响起。敲门的是邻居毛儿："两个活菩萨，救救我爹，他手断了。"

毛儿爹这日上山砍柴，不慎跌倒，左手掌撑地，起来后左手已抬不起来。毛儿爹觉得这只是小伤，养养就行。没想到，伤处越来越痛，越来越肿，人也开始神志不清，胡言乱语起来。毛儿不知怎么办，想起婉盈家住着两个活菩萨，曾经救活了婉盈父亲，于是决定自己来求两个活菩萨。

毛儿跪在地上，抓着宣言的衣服下摆，脸上挂着泪珠："活菩萨，我知道我爹心疼诊金，我家出不起那么多钱。但你们要是救了我爹，毛儿一辈子给你们当牛做马，我现在就可以签字画押。"

黄飞一把拽起毛儿："医生救死扶伤是本分，赶紧带我们去看你爹。"

到了毛儿家，黄飞仔细查看伤处。患者左手腕关节肿胀、疼痛，不能活动，手部一根骨头已突出，所幸尚未刺破皮肤。

"刺刀样畸形，桡骨远端 Colles 骨折。现在没条件手术，只能手法复位了。小宣，先用点儿麻药。"

毛儿爹半清醒地呻吟道："别医我，咱家出不起诊金。我能熬。"

"不收你钱。"黄飞道，"一会儿动骨头时你要忍住痛，不许乱动！"

宣言给毛儿爹打了一支利多卡因，瞬间疼痛大减，毛儿爹惊呼神医。

黄飞找了四个木头夹板，裁成想要的长度和宽度，让宣言拉住患者手臂，自己开始手法复位，"嘎吱"一声，患者骨头复位，手腕形状又恢复成健康模样。黄飞立刻将四个木头夹板放置在患者腕关节周边，用绳子固定好。

毛儿大呼神奇，跪在地上磕头。从此以后，毛儿三天两头送柴火过来，婉盈家便省下了这笔开销。渐渐地，街坊四邻都知道"活菩萨"真的能济世救人，不需要昂贵诊金，只需要力所能及地给点儿回报就行，便渐渐都壮着胆子找上门来。婉盈家渐渐门庭若市，各种衣食生活必需品堆成小山，倒像一个小杂货铺了。

一日下午，二人照例在家中休息。又是一阵急促的敲门声。

又来新单了？

二人正准备接诊，可还没等起身，房门已被踹开，跳进几个彪形大汉："接人举报，有黄巾贼党余孽，在此装神弄鬼糊弄百姓，奉命捉拿！"

第二章

结拜

本来还欢快地叫着"来新单了"的宣言，瞬间被吓了一跳。

"黄巾？""余孽？"

什么跟什么啊！二人面面相觑，听得一头雾水。

"跟他们废什么话，捆起来带走！"一个大汉拨开前面喊话的人，痞里痞气走了出来。

"你们到底是谁？凭什么要捆我们？"宣言气鼓鼓地问。

"就凭我军爷吕阿三这个名号！"那个痞气大汉指了指自己的鼻子，然后冲旁边一招手。那几个手下立刻呼啦啦上前，三下五除二，就把眼前这两个现代文弱医生捆得结结实实。风卷残云，这群人不顾闻讯赶来的婉盈一家和街坊四邻的哀求，就把两个医生提溜走了。

看着这两个"黄巾余孽"，吕阿三喜上眉梢，一边走一边哼起了小调。

吕阿三出身底层贫家，从小在娄县不学无术，斗鸡走犬。但因为打架是个好手，为人也仗义，网罗了一班小弟跟从，所以成了娄县当地著名的地痞流氓。吕阿三发迹，缘于姐姐嫁给了孙策部将邓当。邓当虽然不是什么大将，但在地方上颇有些脸面，结交的也都是些响当当的权贵。姐夫每次打仗归来，总是旌旗招展威风凛凛，让在人群中的吕阿三很是向往。

吕阿三决心投军。第一次，他偷偷混在邓当的队伍里，当一个小喽啰。没想到被姐夫发现了。那次作战归来，邓当就把这件事告诉了丈母娘。吕老娘把吕阿三一顿臭骂，问他好好的日子不过，为什么要去当提脑袋卖命的大头兵。

没想到这次，一向不着调的吕阿三却说出了一番道理来："娘，您不是老要我务正业吗？家里穷，又没背景，哪有什么像样的好机会能轮到我这样的人？当兵当然是提着脑袋卖命，但是，人家都说，富贵险中求。现在是乱世，我去当兵，还能有出人头地的机会。我要是以后也像姐夫这样，就没人在背后骂我是个流氓混混了，娘您在街坊四邻里也能抬起头来。"

吕老娘听了这番话，怔怔想了半天，最终还是含泪应允，但一线大头兵是坚决不让吕阿三去当了。吕老娘向邓当求情，让他帮吕阿三谋个军职。邓当不便推辞，就先捐了个伍长，让他从低做起，以求逐级提拔。没想到吕阿三不会写字，没通过考核，连伍长都做不了。实在架不住老婆、丈母娘的软磨硬泡，邓当最后利用职权，让吕阿三做了个临时的"地保伍长"，类似于现在的城管小头头。邓当嘱咐吕阿三好好干，并保证若吕阿三立了功，自己就帮他请功转正。吕阿三于是带着兄弟们，当起了地保伍长，兴致勃勃地等待着立功转正。

然而，这么小个娄县，哪来的功让他立啊？这个地保伍长，吕阿三干了好几个月，每天睁开眼就是些鸡毛蒜皮的破事。他越干越灰心，嘴里都淡出个鸟来了。正在他意兴阑珊的时候，天降喜讯！

几个大夫联合举报，有"妖人"四处行医，糊弄百姓。吕阿三眼睛一亮，立功的机会终于来了！正值朝廷严打"黄巾余孽复辟"，这两个妖人，肯定就是"黄巾余孽"。抓了黄巾余孽，岂不是大功一件？转正铁板钉钉！

正当吕阿三越想越兴奋之时，一个哭丧着脸的小弟跌跌撞撞来报："大哥，小强要不行了。"

吕阿三急了："怎么就不行了，不是前几天刚瘫在床上，他娘在照顾他吗？"

小弟哭了："今天吃了点儿粥水就吐了他老娘一身，连叫头痛，然后就昏死过去了。"

吕阿三打了小弟一巴掌："人又没死你哭什么？赶快去找大夫啊！"

小弟捂着脸："大哥，大夫看过了，说没救了，看样子马上要断气了。他老娘现在寻死觅活，你快去看看吧。"

头痛，喷射性呕吐，昏迷，像极了颅内高压症状。还先有瘫痪，然后病情慢慢加重，不会是慢性硬膜下血肿吧？黄飞寻思这是脑外科的疾病，于是不顾自己正被五花大绑，就赶紧开口问小弟："小强两三个月前是不是头部受过伤？"

小弟懵了："你怎么知道？"

吕阿三上下打量一下眼前这个"妖人"，想了想，还是和盘托出："说起来，算是有一次。不过那是三个月前，我带小强去和市集的大彪说理，大彪用棍子敲了小强的头。但小强头硬着呢！挨了打也根本没事，还跟我们一起收拾了大彪。当天回家好好的，后来还和我们喝了酒。现在这样应该不是打头那次的事。"

黄飞点了点头："头一个月是没什么事，从第二个月开始就慢慢出现一边的手脚麻木、没力气的症状，慢慢就瘫在床上了。然后头痛，呕吐，吃不下饭。而且，要是打在左边，就瘫在右边。我说的对不对？"

全中！吕阿三和小弟惊得连反应都没有了，只张着嘴，心里想，这到底是哪里来的神仙？

黄飞和宣言对视一眼，知道猜得八九不离十。宣言想到救人，沉不住气了："他说的到底对不对啊？要是说得对，现在带我们去，或许人还有救呢！"

那个报信的小弟和小强原本最是要好，此时听到"或许还有救"，眼睛立刻亮了："对对对，神仙，你说的都对！快跟我去救小强吧！"说着，就要上前给二人解绑。

"等一下！"吕阿三拦了一下。他对这两个妖人还是将信将疑。传说黄巾余孽惯用障眼法，那些所谓救命的符水，都是骗人的。但这个妖人又能把小强的病症说得那么清楚，说不定也是有点儿道行在身上的。思来想去，吕阿三向两人挥舞手上的刀："你们救不回来小强，就罪加一等！刚才装神弄鬼，我们都是见证人！我就是就地杀了你们，朝廷也没话说！"

黄飞救人心切，也顾不上跟他讨价还价，立刻斩钉截铁回答了一个"好"。

众人来到小强家。只见小强躺在床上奄奄一息，而小强娘跪在一旁早已哭干了眼泪，绝望地看着儿子。

黄飞一边查看小强的情况，一边对宣言说："右边瞳孔都散大了，脑疝，要马上手术把血引出来。"

听到能救，小强娘有些不敢置信——好几个大夫都说神仙来了都救不了。一边的吕阿三倒来劲了，大声问："你要怎么救？"

黄飞不看吕阿三，只对着小强娘说："小强的血肿太大，压迫大脑导致昏迷。要在头上凿一个洞，找到血肿的部位，让血流出来。压迫解除之后，人或许能醒。

小强娘大哭："在我儿头上打洞，那不就是杀人啊！"

吕阿三拔刀架在黄飞脖子上："我看你是死之前想拉个垫背的。老子现在就剁了你。"

黄飞："那你们有办法救他吗？杀了我他能活吗？"

众人愣住。

黄飞见稳住了他们，于是解释："我救过不少这样的病人，不敢保证每次都成功，但大多数病人都能醒过来。如果我救活了他，你们放我们两个走。"

吕阿三的小弟们看向病榻上的小强，又纷纷看向大哥。之前来报信的小弟突然大喊："大哥，割了小强的脑袋，他连一个全尸都没有了啊！"众人一听这话，全部拔刀："大哥，我看这混蛋就是装神弄鬼的黄巾余孽，现在就杀！"

"乱嚷嚷什么！"吕阿三一边训斥小弟们，一边放下刀，"我看你还挺沉着，好像很有把握。好，给你个机会，如果小强死了，你们两个都活不了，我可是……"

黄飞不愿再多说废话浪费时间，立刻打断："别说了，现在你们立刻照我说的做！第一，赶快把小强的头发全部剃光。第二，派人回刚才抓我们的那家人那里，把宣公子的箱子和我们俩行医时穿的衣服找来。第三，准备木匠的锤子和凿子，长针，还有干净的布，全部用水煮一遍。哦，还有，准备烈酒，待会儿要浇在小强头上。最后，给我和宣公子准备干净的水用来洗手。愣着干吗？快去啊，我们现在是在跟死神赛跑！都听明白了吗？"

危急时刻，吕阿三倒是最先反应过来："明白了明白了，不就五件事嘛，安排！"他转过身把几个小弟纷纷安排出去。宣言在一边看了，悄悄对黄飞说："这个吕阿三要是在我们医院，倒是能去医务处找份差事。"

一时间，小弟们取东西的取东西，煮水的煮水，给小强剃头的剃头，竟干得井井有条。

两人换好手术室的衣服。

黄飞问宣言："麻醉箱里有柳叶刀吗？"

宣言摇头："只有刀片，没有刀柄啊！"

黄飞一听差点儿哭出来："这是要我徒手用刀片划头皮吗？那有缝针和缝线吗？"

宣言一脸无语："没有，麻醉科医生怎么可能有这些家伙？"

黄飞暗暗望了一眼吕阿三胯边的刀，紧张地咽了一下口水。看来牛皮吹大了。

好在黄飞最后在自己的白大褂口袋里找到两板带针缝合线。这还是他在手术室偷出来，准备回病房给病人缝合使用的。想不到竟在这里派上了用场。

可是没有持针器，也没有其他手术器械。

不管了，全部用手！自己想办法吧。缝针这么少，只能让切口尽可能小。想不到自己竟然来三国做微创！

小强已经昏迷不醒，也不需要打麻药了。宣言作为助手配合黄飞开刀。

黄飞用手拿着刀片划开小强的头皮，顿时血流如注，小强娘瞬间晕了过去。黄飞不慌不忙，用白布压住血，找到出血点，然后用火烤过的长针点在出血点上，伴随着嗞嗞声和冒烟，有烤肉味道传出来，马上血就止住了。吕阿三倒是看得全神贯注，大为震惊："这是哪里来的医术啊！"

宣言帮忙翻开并压住头皮，白色的头骨露出。黄飞拿着锤子、凿子开始敲击，准备敲出一个三角形的小洞。黄飞其实并没有把握。在没有 CT 的情况下，他只能大致判断血肿的位置，根据以往的经验在可能性最大的地方打洞，寄希望于医学上的经验和好运气。

"当"的一锤子下去，几个小弟看不下去了，纷纷出去呕吐。场面实在太恐怖了！

黄飞赶紧喊住他们："不许跑，灯光太暗了，看不清楚，想想办法照明！"

吕阿三赶紧指挥："你们几个举高蜡烛围成一圈，你们几个上房揭瓦，让日光照进来！"

经过吕阿三的紧急安排，室内果然光亮了许多。

一个三角形的洞很快被凿出来，洞中露出蓝黑色的硬脑膜。黄飞大喜：这颜色对了，下面就是血，应该找到了！

黄飞立刻用刀片十字划开小强的硬脑膜，顿时一股黑色的液体从阿强脑中喷射而出，直射到黄飞的脸上。吕阿三心里一惊，下意识去拔刀，准备让这个妖人给兄弟偿命，没想到面前的黄飞却笑开了花，大叫道："有救了！"

大量的血液被释放出来，黄飞不断用布擦拭和吸干，直到没有更多的血流出。

释放彻底后，黄飞用手拿着带线的缝合弯针缝合切口，没有剪刀，就用缝合针尖旁边的针韧把线割断。黄飞一边缝合一边在心中苦笑：中华医院是我家，应有尽有，想不到我也有今天，手术做得如此蹩脚。

最后一针结束。

没过多久，小强慢慢地睁开了眼睛，缓缓地叫了一声"娘"。

小强娘大哭着拜倒："多谢活菩萨救命之恩！"

吕阿三也冲到床边抢戏："强子你终于醒了，大哥对不起你！"

黄飞扶起小强娘，耐心叮嘱道："手术以后要观察三天，如果一直没事，才算挺过去了。另外要多吃点儿好的，增加抵抗力才能防止感染。"

吕阿三转头看向黄、宣两位医生，看着看着忽然跪下。小弟们一看大哥行此大礼，也纷纷跪下。吕阿三高声道："神仙！感谢神仙救命之恩！今后你们有事，就是众兄弟的事！还请神仙多关照强子。"

黄宣二人赶紧将大家扶起："使不得使不得。我们只是做了医生该做的事情。"

吕阿三故作热络地拍着黄飞的肩膀："刚才我听信了谗言，还以为你们是黄巾余孽。现在一看，你们就是神医！我们兄弟这就送你们回家。我是这里的地保伍长，这片都是我罩的，神医尽管看病行医。今后如果谁来找你们麻烦，就是找我的麻烦！

黄飞赶紧客气："请问将军如何称呼？"

吕阿三有些不好意思："我哪是什么将军。小人姓吕，家里排行老三，都叫我吕阿三。我觉得这个名字不好听。后来姐夫请先生教我识字，先生帮我取了名字，单名一个蒙，字之明。

吕蒙？东吴大将吕蒙！怎么会是地痞流氓出身？

黄宣二人互望一眼，赶紧捂住嘴。

黄飞强压心中的震惊，笑道："我看将军，武艺高超，杀伐决断，实乃人中龙凤，日后必然平步青云，前途无量。"

宣言也跟着附和："将军日后发达，可要一直罩着我们啊。"

吕蒙被捧得心花怒放："既然与二位神人相见恨晚，不如我们结拜为兄弟如何？不求同年同日生，但求同年同日死！"

三国这么流行结拜吗？动不动就结拜为兄弟。结拜是不是相当于现代的加微信啊？不过，和未来的东吴大将结拜也有许多好处，至少不再势单力薄，也有人保护二人和婉盈一家了。

于是，三人结拜为兄弟。黄飞 40 岁排行老大，吕蒙 27 岁排行老二，宣言 25 岁排行老三。三人焚香授礼，旁边小弟充当见证人，过程充满仪式感。

太好玩了，宣言心想，不爽了这么久，终于开心了一回。

此事过后，黄宣二人回到婉盈家继续行医。不同的是，吕蒙带着小弟隔三岔五带着礼物拜访，所有人都称呼黄飞为大哥。城中其他大夫和百姓都害怕吕蒙的势力，看到此等情形，无人再敢惹黄宣二人。即使治疗效果一般，患者也不敢有异议，还得称颂二人神仙一般的医术，说遇到神医是自己一生之幸。黄宣二人的名声日隆。

吕蒙看到二人住在婉盈家实在不方便，便建议他们搬到自己的宅中。黄宣二人不放心婉盈一家，希望一直在身旁守护。吕蒙明白后立刻带着兄弟将婉盈家旁边的一个废弃牛棚重新搭建，改造成屋子，置办家具后供二人居住。从此，二人有了自己的住所，既不影响照顾婉盈一家，又解决了宣言的隐私保护问题。

吕蒙是个擅长"向上管理"的人，能说会道的他将黄宣二人吹得神乎其神，并将他们介绍给东吴各方达官显贵，帮这些人治疗各种疑难杂症，三人的名气、收入和友情都与日俱增。

黄飞暗自感叹：自己在现实世界中就是个默默无闻的医生。虽然在三甲医院工作，但和同侪相比就是个 loser，总是在抓紧时间做实验、写论文就是为了成为一名名医或者神医，没想到在三国竟然如此容易就梦想成真。

可是，二人最大的愿望还是能回到现代和家人团聚，哪怕还要继续上班。然而无法在三国找到脑机接口。谈到回去，竟然没有一点儿线索。每当想到这一点时，宣言会潸然泪下。黄飞只能一次次安慰："我们先耐心待下去，总会找到办法的。"宣言少不了抱怨受黄飞所害。黄飞非常内疚，总想做出补偿。

这日，吕蒙又来找二人："大哥，三弟，有事要请你们出马。乔国老家的二女儿本来是个十足的美人，近来突发怪疾，竟然容颜枯槁，头发花白。她现在把自己关在屋里不吃不喝，随时都要寻死。乔家遍请朝中名医，个个都束手无策。眼看她和周郎婚事近了，突然出了这种事，乔国老急坏了。"

"姓乔？周郎？莫非这个得病的女子是小乔？"黄飞问道。

吕蒙："大哥好见识。就是名满天下的江东二乔中的小乔。"

"终于能见到你的女神了。"宣言白了黄飞一眼，"我只想见见梦中的周郎。"

第三章

小乔

乔府。

黄宣二人在吕蒙的穿针引线下进府帮小乔看病。但吕蒙却没有资格进府。

穿过府中花园时，一路上亭台轩榭、画栋雕梁不断，鸟语花香，美不胜收。

"真是超级豪宅啊！这花园都走了快半小时了，还没看到房子！真是比两个苏州园林都要大啊！"作为资深的豪宅爱好者，宣言给出专业评价，"关键这么大的房子还在市中心！"

虽然这段时间经吕蒙介绍，黄宣二人也见识了不少当地富贵人家，但乔府的奢华和精致还是让宣言叹为观止。在现代世界，宣言的人生理想无非是在上海买个50平的两居室老公房，她从没想过，有一天能亲眼看见这样的顶级豪宅——奇石珍木，贵气逼人……宣言本想转头和黄飞讨论一下，却见黄飞已经陷入要见到小乔的激动中，一脸魂不守舍的痴汉相。宣言不禁摇头，心里感叹：男人啊！

黄飞全然无心欣赏美景，一路哼着小调来掩盖激动的心情，对宣言的取笑也无动于衷。对于他来说，今天最大的风景就是：小乔。

作为一个三十多年的三国爱好者，黄飞是从小说、电视剧到游戏、动漫一路走过来的，小乔一直是他心中的女神！如果说小时候玩的每个游戏的终极任务都是要解救公主，那小乔就是那个公主。

今天，终极任务就要到来啦！

终于来到客厅，还没等宣言仔细打量、研究内部装修，等候多时的乔国老便已经忙不迭地迎上来作揖："拜托两位先生，一定要救救小女呀。"

照惯例，和患者家属沟通的工作应该由更资深的黄飞来进行，但今天的黄飞，一想到对面就是大名鼎鼎的乔国老，二乔的父亲，就已经激动得说不出话来。宣言看了他一眼，只好替补上场解围："老先生别着急，您先讲讲怎么回事吧。"

在乔国老口中，小乔近一年来出现"心慌之症"，每遇人多、激动、生气、寒冷、疲劳就会犯病。遍寻城中大夫，他们均以"心病"治疗，各种方子轮番试完，情况非但没有好转，反而越来越糟。近几个月来，小乔出现了"干皮之症""脱发"，皮肤粗糙到好像长了鱼鳞一般，一个世间罕见的美少女竟然在半年内变得形容枯槁。

乔国老遍寻名医也找不到对症之策，于是开始听信方士的"中邪说"——小乔被鱼精上身。做了许多次大法事，让小乔喝了许多符水，病情也没有任何改善。

"小女半年前许配给了周公瑾周都督，如今这样，还怎么完婚？听闻二位大夫有起死回生之术，一定要救救小女！二位自远方而来，还未在本地置业，如果治好小女，我一定重金酬谢，再为二位神医置办府邸！"乔国老信誓旦旦。

"能否让我们看看小姐，检查一下？"黄飞终于说话了。

"这……"乔国老面露难色。旁边的丫鬟赶紧说道："男女授受不亲，两位先生似乎不好进闺房查体。另外，小姐目前的情况，也不便见人呀。"

看病连人都不给看，难怪看不好！黄飞心里嘀咕。

"这好办，乔老爷不必担心，我是女人！"宣言说着取下发髻，将秀发展示于众人，"为行医方便，女扮男装，乔老爷可放心让我检查，也请乔老爷帮我保守秘密。此事就是吕蒙也不知道。"

众人大惊，连黄飞都惊得目瞪口呆，反应过来后才把宣言拉到一边："太突然了！这么快就暴露了吗？"

宣言看了一眼黄飞，心想：刚刚没听乔国老说吗？干了这一单，不但有重金酬谢，连府邸都能相送！她这几年心心念念的置业梦，眼看就能圆上了，必须把握机会！但眼下人在乔府，话不能说得太直白，只能含混提点黄飞："这不是想让你见见小乔吗？一会儿我查体，你看着提意见。否则你有本事悬丝诊脉？快帮我说句话啊！"

"乔老爷，宣言确实是女大夫，是我师妹，因为行走江湖不便，所以才女扮男装。刚才听您的描述，我等心里对乔小姐的病情已有些许猜想，还望老爷尽快让宣言查体，印证我们的想法。从目前的情况来看，我们认为小姐的病情是有希望好转的。请您放心，我们一定尽全力诊治。"黄飞道。

一听到有希望，乔国老立刻安排人把小乔接到客厅。

不一会儿，小乔在两个丫鬟的搀扶下来到前厅。但因为还戴着斗篷遮羞，只能看出身材娇小。

宣言上前把脉。奇怪，并没有心律失常的脉象。但是手细得吓人，实在太瘦了。手上皮肤虽白，但粗糙得像长了鳞片，而且随时都有大量的皮屑脱落。

"小姐，能否撩起斗篷让我看看脸和结膜。"宣言说着伸出另一只手准备去撩斗篷。

"啊，不要！"小乔一边躲闪一边惊呼，"发心慌了！怎么办怎么办？"

宣言此时也的确诊出心律失常，心脏跳动每隔 3～4 次会停 1次，像是有规律的早搏。

"是发早搏！但心率不快，像室性的。"宣言对黄飞说道。

"大夫救救我！"小乔慌了。乔国老也慌了。

黄飞一个健步冲上去："别慌，我有办法，按摩正中神经，可有奇效。"说着抬起小乔的左手，用拇指按摩小乔手腕处的正中神经。黄飞虽是男人，但外科医生的手指细长，柔软而温暖。也许是从未被男性牵过手，小乔顿觉手臂一阵酸麻，一股暖流从左手腕直抵心里，心脏的狂跳渐渐慢了下来。不一会儿，居然不发心慌了。

"谢谢先生，我好像不发了。"小乔道，"真神奇。"

"太好了！谢谢两位先生……不，谢谢两位大夫。"乔国老连忙作揖。

黄飞停止按摩，退到一边："还请看一眼小姐的脸，以做进一步诊断。"

"小姐放心，我们是大夫，会治好你的。"宣言道。

小乔此时自己撩起了斗篷。

"Disappointed！"黄飞在心里念叨，"这就是小乔吗？太一般了吧！一个五官端正、身材娇小的少女而已。虽然脱发并不严重，但发际线已经开始上移。江东二乔，这名声是老爸吹出来的吧？在不平等的三国，连颜值都要拼爹！"

黄飞转念一想，几千年前的中国，素颜少女，拖着病体，能这样已经非常不错了。等病好了，气色恢复，再施以粉黛，有可能真是国色天香。

宣言一眼就看出黄飞在想什么，赶紧说："眼结膜白，贫血貌，瞳孔等大等圆，淋巴结未及肿大。黄大夫还有什么问题要问吗？"

黄飞回过神来："请问小姐，每次心慌发作是不是都会自己好，只不过我今天处理过后好得快一点儿，舒服一点儿，而平时好得慢一点儿？"

小乔点头："有时专注刺绣，竟会忘了心慌，但有时就会很恐惧，仿佛死了一般。"

"小姐平时是不是从不出门，从不晒太阳？"黄飞继续问。

"小姐怕晒黑，都戴着斗篷，这半年更是藏在闺房里不敢出门。"丫鬟抢着回答。

"那小姐平时吃些什么？"黄飞问。

"小姐清心寡欲，以素食为主。最喜欢喝茶。这段时间生病都吃不下饭！"丫鬟道。

黄飞思索了片刻，突然灵光一闪："如果小姐喜欢喝茶，我这里有一种茶，可赠予小姐，我们那儿的姑娘都喜欢喝。"

"先生说的是什么茶？"小乔好奇地问道。

"珍珠奶茶！"黄飞说得煞有介事。

珍珠奶茶？什么鬼！宣言不可置信地看着黄飞。只听黄飞又对乔国老说："乔老爷，我和宣大夫需要一个清净的地方，单独研究一下病情，不知道府上是否方便？"

当然方便，乔府可不就是房间多！

一进房间，黄飞刚刚关上门，宣言就急不可待地发问："珍珠奶茶是怎么回事？你葫芦里卖的什么药啊！你倒是说说什么病呀？我怎么没有头绪！"

"和心脏无关。术业有专攻。不是你科室的活，你诊断不出很正常。"黄飞道。

"那你行你说，到底是怎么回事？"

"这是我们脑科的活。色氨酸缺乏综合征包括焦虑、抑郁、皮肤干燥等症状。发早搏不是心脏的问题，是焦虑症的其中一个症状，交感过度兴奋的结果，所以每次都会自己痊愈。我刚才只不过通过刺激正中神经激活了副交感神经，打压了交感神经，就让病情加速缓解了。至于脱发，是后期营养不良导致的，营养跟上就会好。"

"听不懂，你就说怎么治？"

"喝牛奶，吃香蕉，晒太阳，多运动，促进大脑血清素神经递质的合成。"黄飞道。

"为什么是牛奶、香蕉？"

"牛奶里面含有大量色氨酸，香蕉里面含有大量血清素的前体物质。"

"这么简单？谁会信呢？而且三国有牛奶吗？"

"乔国老富可敌国，要什么没有啊。真理都是最简单的，但往往被人视而不见。就是因为太简单了，所以要包装好才有人信。待会儿，你需要配合我……"

黄飞滔滔不绝，宣言听得一愣一愣的，但为了乔国老允诺的豪宅府邸，也只能答应配合。

出门再见乔国老，黄飞一本正经道："乔老爷，经过会诊，我们诊断出小姐的表现是色氨酸缺乏综合征，有治愈之法，但做起来不容易，需要您配合才行。"

"色……什么……综症？"乔国老的CPU已经快烧坏了，"只要是能治好小女的病，就算献出老命，老夫也愿意。"

"第一，小姐需要用一款神药，就是我刚刚说的珍珠奶茶。制作珍珠奶茶，需要用到牛奶、茶叶、木薯、红糖、蜂蜜等物，我会写张方子，不知道乔老是否能采购到？"黄飞故作担忧。

"好办。只要是这个世上有的，我就能买到！"乔国老尽显豪阔。

"不过，此茶既然是神药，就需贵重、透明之杯盛放，方能吸取日月精华，达到最佳效果，不知府上是否有这种杯子？"宣言开始故弄玄虚。

"我有水晶杯，相传是百年前越王无疆手中至宝，含住杯口水晶即可解渴，不知是否配得上先生神药？"乔国老是个实诚人，立刻命人去拿水晶杯。

水晶杯看上去就像一个普通的玻璃杯，但用来装珍珠奶茶再好不过。在这个时代，这样的杯子简直就是超高科技产品。黄飞看着眼熟，总觉在哪里见到过这个杯子：难道是杭州博物馆的镇馆之宝——战国水晶杯？

"药有了，但另外一样功夫也不可少。黄大夫还需演示祝由之术，我二人与小姐需一道练习，方能化解小姐心中郁气。每日至少和小姐接触两个时辰，是否可以？"宣言又出难题。

宣言看乔国老面露难色，立刻说道："请乔老爷放心，我是女儿身，黄先生心里只有病人，我等一定全力尽快治好小姐，不耽误小姐的婚事。您若不放心，可请府中丫鬟一起监督，陪我们练习。"

乔国老赶忙道："二位神医，老夫当然信得过。若不嫌弃，可否留在舍下居住？这样也方便二位行走和宣大夫保守秘密。"

"如此甚好，整个治疗周期需要三个月到半年，期满小姐必有明显改善。"黄飞信誓旦旦。

"老夫先谢过先生，如小女得以痊愈，必重金酬谢！"

乔国老走后，黄飞问宣言："祝由之术是怎么回事，本来没有的呀？"

"这不是帮你和女神创造进一步接触的机会吗？"宣言笑道，"更重要的原因是只有我们一直和乔妹在一起，才能保证她每日按时吃药，接触到太阳，保持运动，这样才能达到治疗效果。"

"妙计啊！而且小乔若是能向我们分享心事，将心中的烦恼说出来，病情也会加速好转。社交是大脑的第一需求！"黄飞道，"对于抑郁和焦虑来说，爱和药物同样有效。"

"但爱没有副作用！"宣言笑道。

从此，黄宣二人便住在乔府开始帮小乔治病。

这第一步便是制作珍珠奶茶。

宣言本来以为自己是珍珠奶茶达人，在上海上班的时候几乎每周必点，复刻起来应该很容易，但没料到动手做起来竟然这么难！木薯粉做的珍珠不是散了，就是不够 Q 弹，又或者太甜。好在两位医学博士有深厚的实验室操作功底，宣言更是使出喝遍各品牌奶茶所学，尽力回忆和想象各种细节，测试着茶、奶、糖的最佳搭配比例。经过一周的时间，试制竟然成功了！

黄宣二人各自喝了一口，齐声说道："还真像那么回事！"

沉底的黑珍珠和丝滑的奶茶，盛在透明的水晶杯中。现代社会平平无奇的奶茶，在此刻的三国，显得噱头十足。

"再加一个噱头！"黄飞命人找来一根粗的麦秆，代替吸管，插入杯中，"这样吃珍珠才是深度还原！哪个姑娘会不爱？"

黄飞将奶茶送到小乔面前，小乔只吸了一口，脸上便露出发自灵魂的微笑："这么好吃的药，我从来没吃到过！这真是药吗，真甜真香！"

"这就是能治好你的病的神药，你觉得香甜，就是因为此药和你相配。"黄飞道，"可惜没有咖啡，要不然我帮你冲杯拿铁，效果更佳。"

"拿什么？也是药吗？"小乔疑惑。

"他脑子抽了，你别理他！"宣言道，"小姐先喝奶茶，然后我们去练祝由之术。"

这祝由之术，其实就是黄宣二人和小乔每日一起玩桌游和角色扮演。

狼人杀、拖拉机、飞行棋、密室逃脱、踏青分享会……一边玩一边说笑话。黄飞每天都有新花样，但有一点是共同的，就是晒太阳。保证小乔每日有足够多的阳光照射时间，以配合食物中的色氨酸合成血清素，这才是对抗焦虑和抑郁情绪的真正良药。一个大门不出二门不迈的古代小姐，突然能在父亲的默许之下，和两个陌生朋友玩那么多新奇玩意儿，实在是太难得了。

这可能是小乔一生中最开心的时光，也是最自由的时光！她开始日日期盼喝珍珠奶茶，也期盼见到黄宣二位大夫，开始憧憬今天他们又要带自己玩什么新奇的游戏。

几个月下来，小乔的身体渐渐发生了变化，心慌发作的次数越来越少，后来竟然忘了还有此事。可是小乔还是不愿意摘下斗篷，还是对自己的容貌不够自信。

黄飞当然希望小乔不戴斗篷，这样才能接受更多阳光治疗。但小乔执意不肯，黄飞只得要求斗篷的篷纱一定要够细，这样外人不能透过篷纱看见小乔的脸，但小乔却能透过篷纱感受到户外的阳光明媚。

第四章　约定

一日，几人相约踏青。

宣言换上了女装。小乔从未见过如此美丽的女人，直言道："宣大夫真美！"

"她的颜值在我们医院也是数一数二的，仅次于我。"黄飞打趣。

"说起不要脸这件事吧，整个医院你肯定排第一！"宣言反击。

"医院是什么？"小乔不解。

"医院就是我和宣大夫帮大家看病的地方。"黄飞说道，"宣言你这么棒，不如说段脱口秀介绍一下你的工作吧！"

"这有什么难的，说就说。"宣言道，"大家好，我是一名麻醉科医生，就是在手术台上把病人麻晕的医生。许多医生都会和大家分享有趣的事，但我们麻醉科医生是比较吃亏的，因为病人见到我们以后很快就睡着了。"

"哈哈哈哈哈……"黄飞憋不住笑出声来。

"很多人睡着之前都会担心麻醉效果，问我能不能多给一点儿药，怕自己睡不着，因为平时能喝两斤白酒。这在任何一个酒桌上都是一句令人闻风丧胆的话。但是作为一个见过大场面的麻醉科医生，这个时候面对病人的焦虑，我会语重心长地告诉他：在这个台子上，就没有我放不倒的人！"

"哈哈哈哈哈……"小乔的珍珠奶茶差点喷出来。黄飞笑到肚子痛："想不到宣言你真的会说脱口秀。"

"我要不是被你害到这里，早就报名参加健康脱口秀了！"宣言愤愤不平。

"就凭这句话，你要是回去报名参加健康脱口秀，我必陪你一起参加！"黄飞的情绪也被点燃了。

"宣大夫，什么叫脱口秀？"小乔更加好奇。

"脱口秀啊……"宣言快速思考该怎么跟古人解释，"就是在一个台子上，对台下一群观众说刚才那样的笑话……"

"天啊，你敢站在台上，说刚才那样的笑话？"小乔大惊失色。

"为什么不敢？"宣言有点儿纳闷，"我还能拿冠军呢！"

小乔更为震惊："所以那还是个比赛？"

黄飞给宣言捧场："是啊，我不一定能比得过宣医生呢！"

"那宣大夫，有件事，我想请教你……"小乔欲言又止，不再往下说，而是扭捏地扫了旁边的黄飞一眼。黄飞立刻领会，装作寻找草药，走到了一边，留下两个女人说私房话。

私房话说了一炷香又一炷香，黄飞几次想走过去打断，但发现两人情绪激动，自己似乎还是不加入为妙。当黄飞眼看天色不早，觉得必须催她们回城时，二人手牵手向自己走来。小乔肩膀一抖一抖，不时用绢帕擦拭面纱下的脸庞，似乎刚刚大哭了一场，而宣言也一脸感慨。黄飞八卦之心乱窜，却又不好立刻询问。

回到乔府。刚送走小乔，黄飞立刻连珠炮一样发问："她到底跟你说了什么？怎么还哭了？她是不是另有情郎不想嫁周瑜？哦，难道周瑜有小三？有什么八卦，快说来听听啊！"

宣言无语望着黄飞。谁说女人爱八卦，男人八卦起来不遑多让。天知道这一下午黄飞脑子里演了多少集八点档连续剧。

"没有八卦！"宣言大声宣布。

小乔有个心病。她姐姐大乔，从小出名地美，可以算是倾国倾城，小乔虽也清丽，却始终活在姐姐的阴影之下，总是自卑。而乔国老十分有营销意识，将二姐妹组合为"大小乔"，多年来不断找人在外宣传。最终，苦心没有白费，给两姐妹找到了东吴最位高权重的两位夫婿，乔家也由此稳坐东吴势力圈最上层。大乔出嫁后和孙策琴瑟和鸣，深得孙策的敬重和宠爱，这更让乔国老对自己的营销手段充满自信。眼看小乔要出嫁了，东吴上下都准备一睹小乔的风采，乔国老也到处放风，说自己的二女儿比大女儿有过之而无不及。

小乔陷入深深的焦虑。为了变瘦，她开始只吃素，为了变白，她不晒太阳。但没想到，越是努力"服美役"，她越是憔悴，最后竟染上了心悸病。

"果然，这焦虑还是有源头的。"黄飞听宣言讲完，想到自己发论文时的压力，不由有些同情起小乔来。这个心病不除，只靠饮食和运动调养，似乎难以治本。"那你跟她说了些什么呢？"

黄飞好奇地问宣言。

"我？当然是给她灌鸡汤啊！"一下午，宣言把这些年在心理学公众号上学来的疗愈鸡汤从各种角度都说了一遍。"心理咨询的效果十分有效！"宣言得意地说。

"等一下，你为什么会去看心理学公众号？"黄飞好奇起来。

宣言嫣然一笑："那个公众号有个栏目，叫相亲心理学。"

宣医生为了嫁富二代果然够拼！黄飞心里暗暗佩服。

黄飞的食疗、运动、游戏，加上宣言的心理咨询，小乔一天天恢复了健康。到小乔康复，黄宣二人已经在乔府待了半年。乔国老本想让二位大夫待到小乔出嫁，将她健康、平安地送进周府，但黄宣二人却担心婉盈和邻居们，坚持辞行。乔国老见小乔确已康复，便也不再强留。

离开乔府那日，几箱金银珠宝赫然在门厅静候。

"乔国老真大方啊！"黄飞不禁感慨。这趟出诊没白来，接下来在三国可以安享锦衣玉食了。

正在宣言眼放精光盘算这些礼物的价值时，乔国老带着脸罩面纱的小乔赶来。

"哎呀，乔老爷实在是太客气了，让您破费了。"黄飞赶紧谢过。

"二位大夫救回小女，区区一些金银珠宝，何足挂齿。"乔国老很大气。

"二位大夫，小乔感谢相救之恩。宣大夫这几月的悉心教导，小乔一定谨记在心。外面的世界没有别人，只有我自己。"小乔动情地说。

"对！"宣言立刻入戏，"爱不是乞讨来的，是吸引来的，先爱自己，才能赢得世界！"

小乔盈盈一拜："再次拜谢二位大夫。"她起身后似乎已下定决心："此次一别，希望日后小乔再不为疾病叨扰二位。临行前，不知二位可愿意见一下小乔的本来容颜？"

"当然！"黄飞意识到自己失态，瞥了一眼乔国老，只得找补了一句，"我是想最后确认一下，乔小姐是否真的完全康复。"宣言在一旁憋笑。

"既然如此，小乔就献丑了。"说完示意丫鬟帮自己摘下斗篷。

"惊艳"两个字同时浮上黄飞和宣言的脑海。眼前的小乔，皮肤细腻白皙，头发又黑又亮，眼若桃花，面色红润还带有少女的娇羞。最重要的是，她的一颦一笑，似乎都有一种抓人的魔力。一时间，黄飞脑中闪过无数现代女明星的样子，却无一能和眼前的少女相比。江东二乔，果然名不虚传。

见黄宣二人目不转睛盯着小乔，乔国老先是得意，后觉得不划算，立刻以刚刚康复需要多休息为由，让丫鬟送小乔回房。黄飞望着美人背影，恋恋不舍，心里只有一个疑问：小乔漂亮成这样，还会容貌焦虑，觉得自己比不上姐姐，大乔该美成什么样啊？

黄飞还在痴心妄想，宣言却被乔国老的一句话拉回现实："我已在府外安排了轿子，送二位回新宅子。这些小礼品，也会差人直接送到新宅子。"

"新宅子？"

"是啊，我听说二位之前租住在平民陋巷，实在有失身份。于是自作主张，为二位购置了一处宅子，权当诊金，请二位不要

怪罪我自作主张。"

怪罪？开什么玩笑？这种罪你以后随便犯！宣言的嘴角压都压不下来了，一句客气话都说不出，只剩下咧嘴傻笑。

伴随着阵阵鞭炮声，一箱箱的金银珠宝被抬进黄宣二人的新府里。吕蒙和众小弟爬上梯子把"黄府"的牌匾挂到大门上。围观的老百姓纷纷议论："这乔国老太大方了，又送大宅子又送金银珠宝的，这两位大夫的医术真是神啊！"

新宅子里，黄飞笑着向宣言作揖："恭喜宣大人，上海滩，市中心，一线江景豪宅。"

"黄大人同喜。这二十几个房间和两个大花园嘛，我要好好规划一下！"宣言笑开了花。正在这时，乔府又有下人过来，送上了小乔送的乔迁之礼——竟然是两把匕首。

"我家小姐说，这是干将莫邪的后人打造的，送于二位大夫防身。"

吕蒙听说是干将莫邪后人打造的神器，立刻凑过来，拿在手里把玩，试着切了几样东西，果然削铁如泥。

黄飞见他喜欢，便想做个顺水人情："二弟，既然你这么喜欢，不如我这把就送给你。"

"大哥说哪里话。我正担心你二人没有武力傍身，万一我不在身边再出点儿什么事。现在有了这两把匕首，我放心多了。"吕蒙说着就将匕首塞进黄宣二人手中。

宣言一直觉得吕蒙比自己更贪财，听他方才的一番真心流露，不禁有些动容。两人望着这新宅和挚友，一时都有些恍惚：从此之后，就真的在这三国待下去了？似乎这样也挺好。宣言有了豪宅金银，黄飞有了神医的名号，现代社会没得到的，此刻都有了，人生从来没有这样顺心过。

只有一件不顺心的事。

两人想让婉盈一家搬入新宅一起居住，却遭到了婉拒。婉盈父母说老地方住惯了，安土重迁，不喜搬家。宣言又以金银相赠，他们也不肯多收。宣言心想：还是穷人更有骨气啊！

但宣言始终放心不下这家人。婉盈父亲体弱，一旦有个三长两短，母女何以为生？如果有一项技艺能安身立命，即使自己离开，也能放心了。以婉盈的文化水平，医术肯定是教不会了，还能教什么呢？

"婉盈，你可喜欢绣花？"一次探望时，宣言问她。

"想不到宣公子也爱刺绣？可惜我不会呀。"婉盈低头。

"我教你十字绣如何？"宣言道，"我以前绣十字绣还是很不错的。"

婉盈虽然不知道十字绣是什么，但在她心目中，宣公子就是天神一样的人物，只要宣公子开口要她做的事情，她一定会做，哪怕上刀山下火海，更何况一个小小的十字绣？

从此，宣言每日到婉盈家中教授十字绣，婉盈聪慧，学得很快。两人无所不谈，说说笑笑之间婉盈竟对宣言芳心暗许。

这日，宣言在教婉盈十字绣时不小心扎伤了手，婉盈急忙帮着包扎。宣言看着婉盈熟练又用心的模样，笑道："想不到你包扎起来也像模像样的，一点儿不输外科医生黄大夫嘛。"

婉盈害羞地低下头："公子过奖，婉盈愿意伺候公子一辈子。"

看着婉盈满脸通红，宣言脑子嗡了一声：等一下，这是表白吗？太突然了。

不对，是太尴尬了！

宣言条件反射地缩回了手，表情变得凝重。婉盈看到宣言的反应，不由潸然泪下："公子别误会，婉盈自知配不上公子，别无他求，就想一辈子在公子身边做个侍女，报答公子的恩情。"

宣言一阵自责，是自己对婉盈太过关心，让她误会了。都是女扮男装惹的祸，现在怎么办才好？婉盈正在伤心不已，如果这时坦白自己其实是个女的，她很有可能会因被欺骗而崩溃。可是，在这乱世之中，母女俩毕竟要继续活下去，又该怎么给她希望呢？宣言内心一番天人交战之后，看着婉盈悲痛的模样，突然有了主意。

"婉盈是否愿意和我再去一次沪渎重玄寺？"

"婉盈愿意。"

两人来到沪渎重玄寺，寺庙破败如昨。宣言对婉盈说："婉盈，感谢你对我的心意。可是我和黄大夫都是漂泊之人，今后要游走四方行医，我们可能不久就要离开这里。而婉盈你有父亲需要照料，不能陪我们一起走。但是能否请你帮我一件事？就算是照顾我了。"

"公子对我们全家有救命之恩，公子请讲，婉盈一定尽力做到。"

宣言指着寺庙里的佛祖，说道："人人都说这沪渎重玄寺很灵验。这寺庙也是我们初见的地方。我也觉得这里是我和黄大夫的福地。我们漂泊四方难免遇到危险，需要上天护佑。今后不管我们在何方，每月十五你能否都到这里帮我们烧香祈福，请佛祖保佑我们平安？"

婉盈连连点头答应。

宣言继续说道："婉盈，女人要有一技之长方能在乱世之中生存下来。我教你十字绣就是为了让你能独立自强，把父母照顾好，你能明白我的心意吗？为了父母家人，为了我们，你要努力活下去啊。"

婉盈听出了宣言话里的关怀，怔怔流下泪来，郑重地一再点头。

宣言又掏出匕首交给婉盈："这把匕首削铁如泥，是送给你防身用的。今后若遇危险，可找我和黄大夫。我们两个都不在，就找我二哥吕蒙。紧急时刻你还有匕首。"

婉盈接过匕首，再三道谢，但仍觉心中的感激之情无法倾诉。抬起头来，一眼望到庙前有块石碑，石碑上的文字早已模糊。婉盈走过去，用匕首在石碑上深深划出一道痕迹："请宣公子放心，婉盈以后每次来替二位祈福，就会在石碑上刻上一道，宣公子可随时过来检查。婉盈一定牢记公子的嘱托。"

宣言的眼泪霎那间涌出眼眶，心中又有一丝安慰：如此，不管以后我在哪里，婉盈定能活下去了吧。

也许，在这乱世之中，对于老百姓来说，活下去已是奢望。

一日，乔国老带着一队士兵急忙慌地敲开黄府的门："两位大夫，中郎将有请。有急诊病人找你们解忧啊。"

"中郎将是哪位呀？"宣言问道。

"就是建威中郎将周瑜将军！"乔国老道，"两位快随我去吧，中郎将一般不召见人，凡召见必是大事。"

"周瑜！"宣言激动地大叫，"那我们快走吧！"

"乔老爷，我几次想请您帮忙引见中郎将，一直没找到机会。想不到这次中郎将自己找我们了。"黄飞笑道。

二人收拾包袱，随着乔国老一行往中郎将府而去。

他们不知道，等待他们的将是命运的转折……

第五章

难言

中郎将府。

这是一座比乔府还要气派的豪宅，景观的典雅与装饰的奢华自不用提，宣言估计其面积在乔府的三倍以上。为了加快速度，黄宣二人一路都乘坐着轿子。四个轿夫在府里轻车熟路地疾步快行，用了近半小时才到前厅。

黄宣二人下了轿子，见四十几个带刀侍卫排成两队守护前厅，个个横眉怒目，威风凛凛。

这建威中郎将排场也太大了吧！黄飞心想。

这时一个军官模样的人跑过来迎接："两位大夫请随我来，中郎将已经等候多时了。"

两人随军官进入前厅。只是视线马上被一扇屏风挡住，只能看到有二十几个带刀侍卫在环绕守护，似乎屏风后大有玄机。一个青年军官上前作揖。他身材高大，长衫飘飘，犹如一棵玉树般挺拔。面如冠玉，唇若涂脂，剑眉星目，英俊的面庞流露出睿智与果敢。好一位风度翩翩的儒将，让人不由得为之倾倒。

"晚辈周瑜拜见二位大夫。"

太帅了！宣言看直了眼睛：江东周郎真是名不虚传。而黄飞心里则有些酸溜溜的：不知道小乔成婚后，天天看着这么一个帅哥，还会不会记得我为她诊治的那段过往？

于是黄飞轻踢了宣言一脚："快回礼呀！"

双方客套一番后，周瑜问道："瑜听闻二位大夫妙手回春的种种事迹，非常敬佩。敢问二位大夫师从何门何派，如何修得如此绝妙的医术？"

宣言已经被帅哥迷得说不出话来。黄飞急着想回话，可一时竟不知该怎么回——总不能说我们是复旦大学医学院毕业的吧？

"我和宣大夫是看祖上传下的医书自学的，运气好，加上祖宗保佑，侥幸救活了几个人。"黄飞道。

"那先生祖上一定是神医，敢问先生祖籍哪里？"周瑜问道。

"华亭。不知名的小地方。"黄飞开始胡诌，依稀记得上海以前就叫华亭，不知道三国有没有这个地名。

"华亭？好像有这个小村子，上次查探地形的时候去过。瑜依稀记得村子很小，人也不多，村民以捕鱼为生。华亭也不是正式的村名，只是村里人都说这里是华亭，我们也跟着叫华亭了。先生在华亭都能修得如此神术，着实不易啊。"

竟然蒙对了！黄飞和宣言都捏了把汗。

"敢问先生祖上医书为何人所著？想必也是位神医吧？"周瑜继续刨根问底。

完了，怎么办？

宣言灵机一动："回禀中郎将，是华佗。"

"华佗？想不到二位神医是华佗传人。真是佩服！"周瑜再次作揖，嘴里念念有词，"想不到华亭也有一位华佗！"

周瑜为什么这么说？难道华佗不止一位？华佗到底是哪里人？周瑜认不认识华佗，两人有没有"加"好友？宣言这样信口雌黄太冒险了，万一他俩认识岂不是穿帮了？

黄飞忐忑不安，正想问周瑜。屏风后突然传来低沉但有力的男声："公瑾不必再问了，快让他们进来吧！"

两人正疑惑，只见周瑜对着屏风一拜："是，主公！"

什么人能让三国周郎跪称主公？难道是"生子当如孙仲谋"的江东霸主——孙权？

黄宣二人被周瑜带到屏风后。屏风后的躺椅上有一位中年男子，络腮胡子，腿长腰阔，躺着也难掩威武雄壮的气势。双目深邃，炯炯有神，眉宇间透出一股英气，浑身散发着领袖气质。

黄飞心想，难怪有这么多带刀侍卫，原来不是周瑜的排场，而是孙权的排场。

不料孙权很快放下威仪，满脸痛苦地抱着小肚子叫道："胀死我了，已经快两日撒不出尿了，都不敢喝水，请二位大夫急救！"

"江东诸事都系于主公一人，还望二位大夫想想办法，救我江东。"周瑜说着就要跪了，黄飞赶紧去扶。

黄飞心想，定是许多江东名医都无计可施，周瑜才走偏门找到我们。可这是什么疾病呢？"请允许我帮将军查体。"

"当然，先生请！"周瑜答道。

黄飞上前摸了摸孙权的小肚子，硬得出奇，一看就储存了许多小便，再不导出尿来，膀胱出血可是要死人的。不管原发疾病是什么，先救急，再治本。

"可惜没有导尿管！"宣言也看明白了，把黄飞拉到一边，"怎么办？你这么多歪门邪道，倒是提一个！"

这个时代不可能有导尿管，宣言的麻醉箱里也没有。有什么东西能替代导尿管呢？

看黄飞不像想到办法了，宣言急了："平时吹牛这么厉害，原来是猪鼻子里插大葱——装相（象）啊！"

等一下，葱？

黄飞立刻对周瑜道："中郎将，麻烦您帮我多找一些活的葱来！各种大小的都要。还有植物油。"

周瑜一脸迷糊，但也当机立断，立刻吩咐照办。

宣言也没想通："你想干吗？吃炒葱花能利尿吗？"

黄飞悄悄道："不是，我想用葱当导尿管插进孙权尿道里，导尿出来。"

"你这个方案太大胆了吧！小葱那么小，他个子那么高，尺寸能匹配吗？"宣言道。

"再大也没有大葱大！所以我要各种尺寸，总有一款适合他！"

随着一盆盆大小各异的葱被端进大厅，黄飞向孙权请示："将军，实不相瞒，目前药物之力已无法解决您的问题。我准备用其中一根葱管插入您的尿道，将尿顺着葱管导引出来，可解将军燃眉之急。"

"这……岂不会伤了主公？"周瑜犹豫不决。

没想到孙权斩钉截铁："我信得过先生，先生尽管放心大胆去做！"说着便开始脱裤子。

周瑜好意提醒："宣大夫，我等是否要回避。"

看来周瑜已经知道宣言是女人的秘密。

宣言正准备回避，黄飞叫住她："先给我一支利多卡因，止痛。"

"葱管不够硬，插进去挺难的，要帮忙的话叫我啊！"宣言担心地递过来一支麻药。

"放心吧，我插了几千根导尿管，还是有点儿经验的。"黄飞笑道，"只要心里想着男性尿道的三个狭窄和两个弯曲，操作起来还是很快的。再加上你的麻药，他应该不会太痛。"

屏风之后，只有黄飞和孙权两人。想到孙权身上那把镶嵌宝石的匕首，屏风前的几十个带刀侍卫，还有名震江东的中郎将周瑜，宣言不由替黄飞捏了一把汗。手术失败了怎样办？

脱下孙权裤子的一刹那，黄飞释然了。古人的器官尺寸也不过如此，现代人似乎还略胜一筹。仔细想想，三国距今不足两千年，对于百万年的人类进化史来说不过是一瞬间，这个器官也谈不上进化或者退化。

黄飞根据孙权尿道口的大小选择了一根长度、大小、硬度都适合的葱管。先将葱管的尖头剪下一小段，让葱管两头通畅，然后给葱管抹上用来润滑的植物油。

黄飞先冲孙权尿道口滴入几滴利多卡因。

"先生这是什么，我怎么感到有点儿麻。"孙权问道。

"这是宣大夫的神药，可以止痛，感到麻就对了，这样你的肌肉才能放松下来，我就好插葱管了。"黄飞说着提起孙权的"龙根"，慢慢插入葱管。

"插管者首先要自信，你想着它能进入，就一定能进入！"黄飞想到了医学院老师的嘱托，不断暗示自己，"这几年从来没有失败过！我说能进，就一定能进！"

小葱缓缓进入尿道，过程很顺利。

突然，卡住了。应该是第二个生理弯曲到了。主要是葱太软，使不上劲，只能尽量把"那东西"提起来。豆大的汗珠开始滴下，黄飞不敢看孙权，继续默念"我说能进，就一定能进。"

孙权也没有发出任何声音。好镇定的领袖，令人佩服。

进去了，随着第二个弯曲通过，小葱进一步插入孙权的尿道，应该进入膀胱了。有尿液缓缓从葱管里流出。

"先生，好像出来了，我有感觉。"孙权大喜。

"太好了！"黄飞忙叫人拿桶来接，还不忘向孙权解释，"不能流得太快，我要给你控制速度，太快会出血。"

宣言飙出泪来，在此之前她已经想了上百种结局，大多数都是令人无法面对的。要是没治好孙权，或者把他插坏了，那可是比遇到医闹糟糕一百倍的事情啊！在这个年代，既没有医务科也没有法院，要杀要剐，都是权贵们一句话的事。终于等到成功的喜讯，她激动得想抱住身边的人。一看是男神周瑜，不敢抱，又不敢冲到屏风后，于是只能自己默默等着兴奋劲褪去。

随着尿液慢慢排空，孙权脸上露出放松且满意的笑容："我一定要重谢二位大夫！"

黄宣二人判断孙权尿不出来的原因是前列腺肥大。一般房事过多或坐得太久，前列腺就会充血肿大，导致排尿困难。葱管拔出后，黄飞又向孙权交代了坐浴和前列腺按摩的方法，以及节制房事、减少久坐等注意事项。孙权频频点头，他已非常信任眼前的这两位大夫。

解决了难言之隐，孙权心情舒畅，立刻封黄宣二人为"吴国神医"，并赏赐了大量金银。二人没有忘记吕蒙，于是借机向孙权举荐他。孙权当时不置可否，但等二人走后赶紧让周瑜安排机会考验吕蒙。

孙权执掌大权不久，急于建立自己的新军，曾暗示周瑜淘汰那些统兵较少、作用有限的年轻将领，再通过调整部队编制将其部下加以合并。

机不可失，周瑜是个情商极高又懂得报恩的人。他立刻将消息透露给乔国老。乔国老心领神会，马不停蹄向黄宣二人传达。

第六章

开馆

　　此时的吕蒙，已接替姐夫邓当任别部司马。收到消息后，吕蒙大喜，立刻召集心腹部下道："各位兄弟，主公调整兵马编制，是我等机会。若被合并，将居于人下，再无出头之日。若能得主公赏识，则必能一展武艺，报效朝堂。十日后主公来阅兵，机不可失。"

　　"大哥，我等必加紧练习。可是兄弟们军需不够，许多人都没有像样的军服，武器也不够，主公来检阅，如何是好？"部下们振奋过后开始犯难。

　　"大哥三弟帮主公分忧，我也要帮主公分忧。主公喜欢绛色，明日全军统一赶制绛色的军服和绑腿，备战主公检阅。缺多少银两，我去赊账，去借。武器方面，我找姐夫旧部借点儿，一定要最好的。总之，各方面都不能有任何差池，否则大哥三弟就白白费心了！"吕蒙自知成败在此一举，于是立即四处借钱，用精良武器装备部队，一心想把握住这个天赐良机。

　　孙权检阅那天，吕蒙军营旌旗招展，将士个个精神饱满，制服齐整，武器精良。《三国志》中记载："陈列赫然，兵人练习"。孙权大悦，认定吕蒙治军有方，不但没有削减他的部队，反而增加了他的兵权，于是将其他年轻将领的部队都划至吕蒙麾下，并秘封吕蒙为贴身侍卫长。从此，吕蒙成了孙权身边的红人。

黄、宣和吕蒙三人互相照应，官运亨通，渐渐在吴国过上无忧无虑的日子。衣食不愁，财务自由，来往的都是达官显贵，宣言终于成了自己梦寐以求的"人上人"。

一日，黄飞来找宣言："快来看看，我送你的礼物到了。"宣言一头雾水地跟着黄飞来到府外，只见一匹汗血宝马，头上扎着红巾，胸前佩戴着大红花，在仆人的牵引下甚是乖巧。

"这是什么，为什么会有马？"宣言哑然失笑。

"把你带到这里，一直觉得对不起你。豪宅送你了。在这个时代，豪车给不了你，只能送你名马了。"黄飞道，"来，看看品牌。"

马屁股上怎么会有英文"Land Rover"？宣言为之瞠目。

"汉朝的规定是，每匹马的屁股上都要烫上主人的名字。我就叫人烫了这个，没人和我们的马重名。你在上海的时候不是做梦都想买一辆路虎吗？现在送给你。你要珍惜，这是吕蒙好不容易搞到的。"黄飞满脸得意。

宣言突然很感动。黄飞确实做了许多事情来弥补"过错"，今后自己不能再抱怨了，没机会回去就踏踏实实留在这里吧。但其中复杂的感情确实难言，于是宣言说道："就叫它路虎吧。我想骑着路虎去郊游。"

"好，明天就去，我来约吕蒙！"

第二日，黄宣吕三人骑马郊游。行至郊外，突然风雨大作，电闪雷鸣。

"好像要下大雨了，大哥三弟，我们去避避雨。"吕蒙道。

那天在中华医院也看到这样的闪电，我们该不是可以回去了吧？黄飞心中思忖，不由看了一眼骑在路虎上的宣言。

突然天空降下一个巨大的炸雷，路虎受惊，狂奔起来。宣言连声惊叫，被路虎驮着，往山林迷雾方向奔去。

"抓住缰绳，夹紧马屁股！"吕蒙大声提醒着策马追赶。

黄飞也跟着追过去，可心里却在想：宣言进入迷雾是不是就可以穿越回去了？那吕蒙会不会也跟着回去？

悬念很快揭晓。三人除了淋了一身雨，一切如常。

路虎跑累了，渐渐停下，来到一座庙前。由于久处深山，这座庙早已破败不堪，没了香火，连牌匾也没有了。奇怪的是，里面却有二十几个人。

三人下马进入庙中，发现这些人大多是老人，眼神绝望，咳嗽不止。其中一人躺在地上，面色铁青，宣言赶紧上前查看，发现这个老人已经断气了。

"这是什么地方，你们怎么回事，是鬼吗？"宣言差点儿吓哭。

"这里是'寄死庙'，我们就要死了，所以才被送到这里。"一个老者强忍咳嗽缓缓说道。

吕蒙长叹了一口气："寄死庙，寄死窑，村里养不起这么多人，许多老人年纪大了，干不动活儿了，或者生病不医了，就被儿女送到这些地方听天由命。如果菩萨保佑，他们或许能多活几天，否则……"

"可是不给吃的，他们也只有死路一条啊！"黄飞显得非常激动，"当官的穷奢极欲，老百姓穷得连病都看不起，只能变相自杀。难道他们不是平等的生命吗？这世道……"

宣言赶紧捂住黄飞的嘴。

"大哥三弟，回去吧，我们帮不了他们。"吕蒙也很无奈。

回去的路上，黄宣二人一言不发，他们的心灵从未受过如此震撼，想不到古代中国还有这种陋习。

回到府中，黄飞看着自己的大宅，突然握住宣言的手说："我想办一个医院。"

"一个专门给穷人看病的医院。"宣言潸然泪下。

两人很快商定，把黄府改成"中华医馆"，用赏赐的金银来招募当地的医生，召集他们一起救治穷人。

吕蒙是孙权身边的新晋红人，黄宣二人希望吕蒙能和孙权说说，让中华医馆得到官府的肯定和资助。

吕蒙很是为难，毕竟靠一己之力对抗百年风俗殊为不易。而且，孙权当前的关注点在开疆拓土上，库银本来就非常紧张，拿出大笔钱财来救治士兵还说得过去，但用在没有劳动力的老人和小孩身上，当时的人很难理解。

黄飞坚持要把医馆先开起来，向孙权拉赞助的事情可以再找机会。吕蒙立即表态，全力支持二位兄弟的决定，自己会派兵保卫医馆。这样一来，医馆就有了免费的保安。

医馆开张那天，周瑜、吕蒙、乔国老等江东众多高官都来道贺，并捐了不少金银。黄宣二人亲自摘下"黄府"的牌匾，把"中华医馆"的牌匾挂到府门上。

"这才是这个宅子应该有的模样嘛！"黄飞笑道，"小宣，有没有回原单位上班的感觉？"

"关键是，这家'医馆'的保安都出自朝廷的精锐部队，应该不会有医闹了。"宣言大为欣然。

乔国老送来干将莫邪传人打造的新手术器械。黄飞看着这一件件精致的持针器、血管钳、弯针、开颅手摇钻头、线锯子和吸引器，不禁竖起大拇指：想不到几千年前的中国就已经有这么精巧的工艺了，通过手作也能打造出现代的医疗器械。

吕蒙派人把"寄死庙"的老人接到中华医馆，提供免费的食宿和医疗服务。大多数老人都是轻症患者，只要营养跟上了，很快就能痊愈。中华医馆声名大噪，许多穷人都跑来看病。现在的团队忙不过来，黄宣二人只能招募更多医生，并且亲自培训。

黄宣二人在给穷人治病的过程中发现，许多孩子都没有文化，这会让一家人只能一代代地穷下去。黄宣二人于是紧急商议，又在中华医馆中开辟了两个房间，作为学馆，教授穷人家孩子学问。外聘的先生们教四书五经，黄宣二人则讲授科学知识。

课堂上，黄飞讲授勾股定理、立体几何和元素周期表，甚至还有脑科学的基础知识。黄飞不知道自己这样做是不是对的，会不会改变历史，他只是真心希望在这些小孩的心中播下科学的种子，让科学早日在中华大地生根发芽，试试能不能避免千余年后那段屈辱而黑暗的历史。

此后，黄宣二人把所有的精力都投入医馆和学馆的运营，而吕蒙则随着孙权四处征伐，三人都在为自己的理想不懈奋斗。

光阴匆匆，好景不长。

一日，医馆外传来疾呼："吕将军出事了，二位大夫救命！"说话间吕蒙已被抬进医馆，昏迷不醒，满头是血。

第七章

抢救

吕蒙重伤，在风雨飘摇的乱世中似乎是必然的。

建安十三年，即公元 208 年，七月，曹操起兵征讨荆州，八月，刘表病死。刘表之子刘琮在世家大族的胁迫下，举州投降。消息传来，东吴群臣惶惶不安。周瑜和孙权在分析形势后立即严阵以待，并整肃部队，不断查处曹军间谍。这一日，孙权在出巡查看地形时，突遭间谍行刺。千钧一发之际，吕蒙冲出护主，代受的一刀正中头顶。

被送到中华医馆时，吕蒙已深度昏迷，满头满脸都是血。历史终于在黄飞和宣言面前，掀开了它血腥残忍却丝毫不可违逆的画卷。但此时的黄飞来不及思考，当务之急是治病救人。

"吕蒙！阿三！"黄飞一边大声叫着吕蒙的名字，一边查看他的瞳孔。吕蒙右侧瞳孔已经散大，这是大脑受到严重压迫的症状。而吕蒙全然不应答，只是大口喘气。

"脑疝了，要开刀，否则命保不住。"黄飞含泪道。

"脑……疝……是什么？"吕蒙部下怯生生问道。

"就是大脑被出血压迫后移位了。要马上把脑子里的血肿清除掉，才能让大脑复位，救将军的命。"黄飞沉声解释。

"那快点儿，我麻醉箱里还有气管插管，我先插管。"宣言哭着去拿麻醉箱。

"将军是怎样受伤的，你们详细说说。"黄飞问吕蒙部下。

"将军右边太阳穴被人砍了一刀，血流如注，当场昏死过去。但他后来又醒过来，还说了话，然后就又不行了，变成现在这个样子。将军还有救吗？一定要救救将军啊！"部下全部跪下恳求。

黄飞来不及安抚他们，急着和宣言商讨病情："有中间清醒期，更像急性硬膜外血肿。可能是太阳穴附近骨折，骨折片切断了脑膜中动脉，大量出血导致急性硬膜外血肿。我们马上开颅吧！如果被我说中，那么只要手术及时，或许还有救。"

"你有把握吗？"宣言问道。

"没有把握，没有 CT，无法确认血肿位置和大小，只能毛估估，做个大问号切口，把切口做大，把骨窗尽量做大，尽可能减压，希望能找到血肿。"

"那我们抓紧时间。"

吕蒙的部下十分信任二人，所以立刻听从黄飞的指挥，将吕蒙送进中华医馆手术室。宣言很快插好气管插管："你放心开，术中监护交给我。"

黄飞将吕蒙头发剃光，用烈酒为吕蒙的伤口消毒。然后穿好手术服装，拿出消毒过的全套手术器械，准备开颅手术。

"幸好我们现在有这个医馆，装备齐全，能迅速处理，若是以一年前抢救小强的条件，吕蒙受伤这么重、这么急，怕是没有生还的机会了。"黄飞暗自庆幸。

消毒，铺巾，划开和翻开皮肤，黄飞熟练的每一步，都体现了一个顶级三甲医院脑外科医生的素养。

黄飞让宣言按住吕蒙的头，"吱吱吱"，开始用手摇钻在吕蒙的颅骨上打洞。大量的血顷刻间从洞中冒出，宣言身为一个麻醉科医生也有点儿看不下去了。

"小宣，镇定，血流出来，颅压下降，他就有救了。"

黄飞在吕蒙颅骨上打了三个洞，用线锯将三个洞两两串联起来，反复抽拉，切除骨质。现在，颅骨上的三个洞被用来切除骨质的线连在一起，这样就可以把一块大的颅骨取下来了。

黄飞轻轻翻开颅骨，发现颅骨之下果然有大量血肿，已经将大脑压得向对面方向移位了。

"很好，找到了！"

黄飞赶紧将血肿用干净的布清除，将白色的硬脑膜露出来。只见硬脑膜上一根很粗的红色血管在跳动着，随着跳动有血喷出来。

"就是它了！这是责任血管：脑膜中动脉。它被骨折的碎片割破了。"黄飞一直在和宣言交流最新情况，"硬脑膜下就是大脑。我摸上去，大脑软软的，不肿，应该没有出血，所以尽量不打开硬脑膜。在这个时代，颅内感染可不得了，我们是救不了的。"

黄飞用烧红的长针很快将中动脉的血止住，然后在确认止血后，将颅骨放回，用丝线固定。最后，将肌肉和头皮一层层缝合，完成收尾工作。

"手术很顺利，可是这砍刀留下的刀口太长，头皮要留疤了。"黄飞道。

"只要能活下来就好，刀疤也算不了什么。"宣言道。

是的，只要能活下来就好。

可是，吕蒙究竟能不能活下来还未可知。

手术后，吕蒙的瞳孔就恢复正常了，这是大脑压迫解除的标志，证明血肿清除很顺利。可是吕蒙一直没有醒过来。

"没有补液，我们给他的营养支持不够。人在昏迷中又不能从嘴里喂食。就算血肿清除了，但没有足够的营养支持，大脑缺乏复苏的能力，人也醒不过来。"黄飞并不觉得十分意外。

"如果有胃管就好了，可以从胃管里把流食打进去。"宣言颇感无奈，"可是麻醉箱里没有胃管。"

两人陷入沉默。

说起来，吕蒙是二人穿越以后遇到的福星。如果没有和吕蒙的不打不相识，黄宣二人即使穿越到三国时代，也见不到周瑜、小乔这些历史人物，最终只能和贩夫走卒们一样，草草过完一生。更何况，义结金兰后，吕蒙豪气干云，对二人多方照拂。他们早已真的把吕蒙当成至交。

"吕蒙，只要有我们在，你就死不了。"黄飞下定决心，"我们不能等靠要，麻醉箱里没有胃管，我们就自己造！"

"怎么造？胃管都是用橡胶或者塑料做的，这个时代哪里能找到这些东西呀？"宣言更加焦躁。

"第一根胃管是怎样发明的？"黄飞若有所思。

"第一根胃管是用金属做的,直接从鼻子插入胃里,这样就可以从胃管里打入食物,救活不能进食的病人。可是金属胃管非常硬,捅伤出血的概率太高了,许多病人因此殒命。后来……"宣言开始回忆教科书。

"直到 Van HelMornt 医生制作出皮质的软导管,用它来代替金属管子。皮管是软的,避免了许多插管出血事故。后来才改成橡胶管和塑料管。"宣言突然灵光一闪,"我们可以用牛皮做皮质导管,重新发明胃管吗?"

"你画出设计图,我去叫乔国老帮忙。快!"黄飞提着灯笼飞奔向乔府。

吕蒙为救孙权受伤,孙权因而十分关心吕蒙的救治进展。此刻,吕蒙的生死已经成了吴国上层官场的头等大事。乔国老自然一口应允,全力配合。宣言连夜画出设计图,乔国老连夜找来能工巧匠。因为工艺不复杂,牛皮胃管竟然在半天内就被做了出来!

牛皮胃管是软的,宣言设计了一个软质金属导芯,制作好后将其插入其中,这样就能确保胃管在插入时有足够的硬度。

考虑到润滑,宣言又在胃管前端涂了大量植物油,然后缓缓将管子从吕蒙鼻子里插入胃中。宣言抽出导芯,大量墨绿色的液体从管子里流出。

"这定是混了胆汁的胃液,你插到位了。"黄飞非常激动,吕蒙有救了。

"要听听气过水声再确认一下吗?"宣言还不放心。

"可惜没有听诊器啊!"黄飞长叹一声,"条件太有限了。"

黄宣二人将肉汤、米汤等营养物质通过胃管打入吕蒙胃里。

吕蒙身体素质过硬，营养只要进去就不会浪费，于是他很快就醒了。

"谢谢大哥三弟救命之恩！"吕蒙缓缓睁眼，还很虚弱。

黄宣二人激动落泪："只要有我们在，一定拼老命救活你！"

吕蒙微笑着闭上了眼，几番折腾后，他太需要休息了。

然而，挑战还没有结束，吕蒙仍然在死亡边缘挣扎。

手术后第五天，吕蒙开始发烧，已逐渐清醒的他又开始迷迷糊糊。

"感染了，这么大的手术，我们消毒得不够彻底。"黄飞懊悔不已，"要是我们医院的张爸在就好了，他可是国家感染病中心主任。什么样的感染都难不倒他！"

"这不能怪你。没有手套，没有无菌术，你能做成这样已经难能可贵了。"宣言柔声宽慰，"我们没有抗生素，只能通过增加营养来提升患者的抵抗力，靠他自己来对抗感染了。"

"也只能这样了，不知道有没有效果。"黄飞担心道。

没有效果。吕蒙越烧越高，人也越来越迷糊，再次进入重病状态。

黄飞夙夜忧叹：没有抗生素，也来不及发明抗生素。难道要看着吕蒙死亡吗？

"我一直以自己是一个脑外科医生而骄傲，觉得自己用技术和双手救活了很多人。现在看来，没有什么可骄傲的。没有抗生素，没有无菌术，我们又能为患者做些什么？如果没有宣言的麻醉，我连刀都开不了。我们救活了病人，做出的这一点点成就，只不过是站在了前人的肩膀上。外科医生的个人能力太有限了！"

尽管无限伤感，但黄飞还是一心想救吕蒙。

术后第八日，吕蒙高烧的第三天，中华医馆的门被一个特殊的客人敲开："长沙太守张仲景，特来拜见二位先生和吕蒙将军。"

张仲景，难道是被后世尊称为"医圣"的张仲景？

"吕蒙有救了！"黄飞激动地拉着宣言去迎接。

没有张爸，但我们有张仲景。

张仲景是个清瘦的高个老头，一袭棉布长袍，不带随从独自出行，看不出半点儿"太守"的架子。面容白净，精神矍铄，留着胡须，深邃的眼睛显得从容不迫。

寒暄之后二人才知道，临近年末，张仲景是作为长沙太守来吴郡述职的。一路听说中华医馆有两位神医，治好怪病无数，十分好奇，早想结识。正好听闻吕司马受伤，遂特来探望，看看能否略尽绵力。

黄宣二人立刻带着张仲景看望吕蒙。望闻问切之中，他留意到牛皮胃管："向二位先生请教，这是做什么用的？"

"太守，这是胃管，吕将军昏迷不能饮食，我们就将食物从管子里直接注入腹中。这样做也是为了控制注入的量，保证出入液量的平衡。"宣言如实回答。

"妙哉！"张仲景道："如此，水谷精微就顺利进入将军体内了。两位先生奇思妙想，老夫佩服。"

"不瞒您说，虽然手术顺利，可现如今仍有难解之症，就是发热。发热已经好几日了，而且越来越重。我们真是束手无策，还望太守指点迷津。"黄飞直奔主题。

张仲景缓缓说道："刚才老夫已查诊过，吕将军为外感热证，其发热、恶寒、头项强痛，为太阳病。但其无汗、脉浮紧，属太阳病伤寒的麻黄汤证。若两位先生信得过老夫，可否让老夫开方一试？"

"多谢太守救命之恩。请太守赐方！"黄宣二人拜过张仲景。

"不可不可。"张仲景连忙扶起两人，"老夫此次前来，是向二位先生学习的。先生的手术可谓化腐朽为神奇。若不是先生出手，吕将军可能早已为国捐躯。目前将军的治疗已进入最后环节，老夫只是略尽绵力，尚不知效果如何。"

于是，张仲景写下药方和配伍："麻黄、桂枝、杏仁、甘草……"

黄宣立刻请人抓药、煎药，然后将药从胃管注入，每日数次。其间按照张仲景的医嘱随时做出调整。幸好有中华医馆，所有的药物都能马上拿到。一切都以最高效率在运转。

张仲景的药物使用不到三日，吕蒙的高烧就退了。黄飞大呼神奇，在宣言面前连连夸赞"医圣"："你知道吗？中医的四大经典著作，张仲景一人就占了两部。他真是中医历史上最伟大的人。有他在，吕蒙的感染一定能治好。他开的药方，虽然不是抗生素，但却比抗生素的效果还要好。"

"中医的四大经典著作是什么？"宣言虚心求教。

"中医的四大经典著作是《伤寒论》《金匮要略》《神农本草经》《黄帝内经》。前两本都是张仲景写的，他不愧为医圣。其实医圣用一生心血只写了《伤寒杂病论》一本书，后来这本书的全本在流传中遗失了，后世经王叔和等人收集、整理、校勘，分编为《伤寒论》《金匮要略》两部。"

"想不到你对中医也有这么深的研究。"宣言由衷佩服。

"我大学本科'中医学'可是拿A的。后来我还选修了二专，就是中医。"黄飞谈起中医手舞足蹈，"不知道《伤寒杂病论》现在成书了没有，如果成书了，我真想借来一看，要是有不懂的问题，还可以当面请教作者。"

吕蒙退烧之后慢慢苏醒，逐渐能流畅对话，再之后四肢可以活动，最后可以自己进食。张仲景和黄宣二人每日查看恢复进展。黄飞调整神经功能，宣言消解疼痛，而张仲景则使用针灸之法促进康复。中西医结合，在吕蒙身上显得无比和谐。

"在医学院的时候，老师就和我说，最强的治疗一定是中西医结合。通过现代医学和传统医学的优势互补，患者才能快速康复，取得最好的效果。"

黄飞看着吕蒙一天比一天见好，慢慢能走，甚至起来打拳，笑得合不拢嘴。美中不足的是，黄飞社恐，一直不好意思向张仲景提出借书。

半个月后，吕蒙彻底康复，向医馆辞别，又回军营带兵打仗了。跟着他一起走的，是额头上永远的伤疤。

从此，孙权对吕蒙更加信任，不仅让他寸步不离伴侣左右，还封其为平北都尉，兼任广德长。半年后，吕蒙作为先锋出征黄祖，取得大胜，一举歼灭孙权的宿敌黄祖集团。孙权大喜，再次擢升吕蒙为横野中郎将，赐钱千万。至此，吕蒙成为江东位居周瑜之后的第二大将。

黄宣二人再三谢过张仲景，啧啧赞叹中医之神奇。而张仲景对黄宣二人医术之高明也大为折服。

"太守，即将别离，也不知道如何感谢。这里有我自己设计的手术器械，当时做了两套，这一套送给您。宣大夫设计的牛皮胃管，也赠与太守，留个纪念。"黄飞道。

张仲景如获至宝，抚摸着手术器械和胃管，竟激动落泪。作揖致谢后他缓缓说道："实不相瞒，老夫此次来，不是只为了向二位先生学习医术，而是另有要事相求。欲请二位先生出山，助老夫一臂之力。二位先生可否随老夫到长沙走一趟？"

第八章

饺子

东汉末年，战乱频仍，瘟疫随之流行。建安年间，大量人口死于前后 5 次的各种瘟疫，死于伤寒病的人尤众，很多地方十室九空，荆榛蔽野。

张仲景的家族原有 200 多人，自汉献帝建安元年（公元 196 年）以来，在不到 10 年的时间里，就死了三分之二，其中十之七八死于伤寒病。

而此刻的长沙，正在遭受严重的"伤寒病"侵袭！

黄宣二人安排好中华医馆的工作，启程随张仲景前往长沙。天寒地冻，满目凄凉，沿途彻底被荒芜所笼罩，村庄大多门可罗雀，毫无人烟的也不在少数。看着那些颓败的村舍和荒废的农田，黄宣二人仿佛亲身经历了伤寒病的恶魔肆虐。对比吴郡、娄县的繁荣，眼前这大疫摧残后的残破，或许才是三国时期的常态吧。

日夜兼程，三人终于来到长沙。这是一个颇大的市镇，人明显多了起来。许多百姓都用布巾包着耳朵，有人包着一边，有人包着两边，颤颤巍巍地走在路上。

"他们为什么这样包着耳朵呢?"宣言问道。

"这正是老夫要请教先生的。今年异常寒冷,许多百姓因伤寒病患上冻耳之疾。耳朵先是冻伤,然后渐渐溃烂,甚至掉下来。这冻耳之疾实在太厉害,许多人因此而丧命。很多老弱病残的百姓被迫流离失所。老夫这次进吴郡述职,就是为了申请朝廷拨款,救治灾民。"张仲景道。

"那将军给钱了吗?"宣言问道。

"将军给了,可是仍有难题请二位先生解答。我在灾民收容所里尝试医治冻耳之疾,用的是以'麻黄桂枝汤'为主的祛寒、提热、解毒的方子……"

"麻黄桂枝汤?妙啊!"黄飞眼前一亮,那可是后世赫赫有名的中医经典药方。

哪料张仲景毫无嘚瑟,只一个劲地叹气:"可惜,这个方子只对少数人有效。老夫觉得自己已经对症下药,尚不知道效果不好的症结所在,还请二位先生指点。"张仲景说着就要下拜。

谁受得起医圣这一拜,黄飞赶紧劝阻:"使不得使不得。我们还是先去收容所看看吧。"

一到收容所,黄宣二人立刻"泪目"了。这哪里是灾民的收容所,明明是长沙太守的府衙和张仲景自己的府邸。为了让灾民躲避严寒,张仲景下令,将府衙和府邸全部改成收容所,不但安置灾民,还提供免费的吃喝和医疗。

"这也是没有办法的办法。情况紧急,老夫临时将长沙大大小小的衙门全部改成收容所来救治灾民,否则饿殍遍地,生灵涂炭,疫情将更加严重。"

在一个战乱的时代，兵戈不断，物资紧缺，张仲景以一己之力当然不能力挽狂澜，能做到如此地步，已实属不易。

"太守，您才是真正的父母官啊！"黄飞深鞠一躬。

张仲景抚摸着胡须，长叹一声："医者，父母心。老夫无能于政事，只能做些补救。"

张仲景匆匆带着黄宣二人查看病人。黄飞作为一个外科医生，对查看伤口并不陌生。他发现，许多伤耳病人不仅伤口溃烂流脓，还发着高烧。。

"这是伤寒病的冻疮继发了细菌感染，"黄飞很快做出判断，"局部还是要严密消毒的。太守的用药是否和给吕将军用的类似，都是口服的？"

"是的，都是祛寒、提热、解毒的药物。"张仲景道。

"这些药物用于全身抗感染非常有效，但对局部感染可能效果不佳。冻耳的局部伤口，还是要反复消毒、换药才行。"黄飞仔细解释，"就像吕将军的病例，太守的药物有奇效，可是吕将军的头部伤口我也是隔天用烈酒消毒，再加上吕将军底子好，病情恢复得才这么快。"

"先生的意思是，这些流脓的耳朵也要用烈酒浇上去消毒才行？"张仲景问道。

"需要清除脓苔，用百分之七十五浓度的酒精消毒后包扎才行。烈酒的酒精浓度可能不够，杀菌能力不够强。"黄飞皱着眉，心里已经开始思索解决之道。

"是啊，百分之七十五浓度的酒精杀菌能力才最强。"宣言补充道。

"百分之是何意？酒精又是何物？"张仲景不解。

"就是说，比烈酒还要烈得多的酒才行。"宣言说得很干脆。

"烈酒本是稀有之物，这一时间上哪找这么多的烈酒啊！"张仲景有些丧气。

"太守说得对。汉朝的酒大多不浓，都是淡酒，酒精浓度不高。只有少数官家才藏有少量烈酒。可是，这个时代并没有条件提取纯的酒精。我们每次都在挑战时代。"宣言也看不到希望。

黄飞本已陷入沉默，听闻此言眼前一亮："宣言，我们既然能造出胃管，那也一定能提纯酒精。时代没有，就自己造！"

张仲景本来听不懂两人在说什么，但看到黄飞此刻的神情，内心也隐隐燃起了希望。

"请太守提供纸笔。我画出草图，太守能否派铁匠造出设备？这样我们就能生产出药用的酒精，拯救黎民百姓。"黄飞踌躇满志。

"仲景愿闻其详。"张仲景立刻命人拿来纸笔。黄飞很快画出一个当时谁也没见过的奇怪东西来。

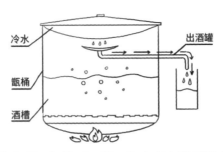

"你这是什么呀？好像两口锅。"宣言也没看明白。

"这叫天锅蒸馏法。两口锅分别是天锅和地锅。你还记得高中物理实践课吗？"黄飞指着图开始解释，"酒精的沸点是七十八度左右，而水的沸点是一百度。对酒进行加热，酒精会先蒸发，我们可以利用这个原理来提纯酒精。"

"我懂了。第一步是在底下的地锅里水浴加热淡酒。隔水加热酒，只要水不沸腾，酒的温度就不会到一百度，这样酒精被蒸发，而水分不会被蒸发。"宣言恍然大悟。

"聪明！然后大量的酒精雾气向上升腾，遇到顶上第二口锅的锅底，由于这口天锅里装满了冷水，锅底是凉的，酒精雾气因为温度急剧下降会液化成酒精从锅底滴下来。"

"所以你在锅底设计了一个荷叶形状的装置，用来收集锅底滴下来的酒精？看样子这的确能收集到纯度比较高的酒精。"

"只要我们反复蒸馏，就能得到纯度很高的酒精。"黄飞在兴奋之余不失冷静，"可是怎么能精确配出百分之七十五浓度的酒精？"

"简单。你用三杯纯酒精加一杯蒸馏水，不就得到了百分之七五浓度的酒精了吗？"宣言的高中化学底子派上了用场。

张仲景听得云里雾里，只能盲目地信任二人："虽然老夫没有听懂，但是这天锅蒸馏法着实神奇，老夫这就差人按图制作天锅。"

太守一言九鼎，很快便凑齐了最能干的铁匠和所需材料、工具。三人和铁匠反复商量，七日后天锅装备就位。很快，黄宣二人就造出了百分之七十五浓度的酒精。

黄飞用酒精给伤口消毒，加上张仲景的内服、外敷药物，患者的症状五日后明显改观，红肿、热痛消退不少，伤口开始愈合，流脓的情况渐渐消失。许多病患伤口见好后陆续回家，但仍有不少患者尽管红肿、化脓消退，但伤口总是长不好。

"看来只解决了部分问题。"黄飞并没有泄气，"还需要努力。"

"作为一个外科医生，你已经很努力了，最后一点儿差在哪里呢？"宣言突然灵机一动，"不会是营养吧？"

黄宣二人开始仔细观察患者的饮食，除了中药，大部分人只能吃些面疙瘩汤和菜蔬。

"优质蛋白质摄入不够，哪有原料长肉！"黄飞恍然大悟。

二人立刻找来张仲景，希望在病患的食谱中增加肉类。

"先生的意思是要多吃肉，耳朵才能长好？"张仲景问道。

"是的。将建造身体比作建造楼房，优质的蛋白质就是砖瓦，就是原料。我之前的病人，在手术后恢复期间，每天都要吃半斤肉，这样才能让伤口长好。"

"蛋白质又是什么？"张仲景对这些新词备感困惑。

"太守，黄医生的意思是吃肉才能长肉。"宣言只好充当翻译。

"吃肉长肉？"张仲景捋须颔首，"以形补形，老夫听懂了。妙哉！老夫过于关注药石之效，却忽略了这最基本的民生之计。我这就叫人准备羊肉，羊肉性温，可驱寒，再适合不过。"

"太守医学造诣精深，一点即通，在下佩服。"黄飞又替张仲景担忧起来，"可是羊肉颇贵，要辛苦太守筹钱了。"

"将军的救灾款还有一些。"张仲景笑得稍有些不自然。

宣言听出来了，张仲景又准备自己掏钱了。先前灾民食谱里没有肉，并不是张仲景没想到，而是肉实在太贵，资源有限，他下不了决心。现在既然黄宣二人明确提出，那么身为父母官，他只能下血本了。

在酒精消毒、麻黄桂枝汤、羊肉补益的加持下，冻耳的病人逐渐康复，纷纷称颂张仲景医术高明。

张仲景却紧锁眉头，高兴不起来。直到黄宣二人问起，他才如实相告："收容所里的病患多是重症，有大量轻症的病患收不进来，还在家里苦挨。老夫曾命人开设药棚，煮了麻黄桂枝汤给灾民服用。可气味太重，众人避之不及，不肯吃药，轻症也拖成了重症。有幸能进收容所的还有希望治好，更多进不来的只能死在家里，甚至曝尸荒野。"

"就是说，灾民并不理解这是用来治他们烂耳朵的药？"宣言问道。

"是的，怎么才能让他们相信呢？"张仲景愁容满面。

"还记得上次太守说的以形补形吗？用这个说法，灾民应该能听懂。"黄飞自有妙计。

"仲景愿闻其详。"

"我们把药物和羊肉塞进面皮里，包成耳朵的形状，向灾民宣传'吃耳朵补耳朵'，他们就理解了。"黄飞将想法和盘托出。

"妙妙妙，那这耳型的药物，不如就叫祛寒娇耳汤如何？"张仲景赞叹。

"这不就是饺子吗？"宣言把黄飞拉到一旁偷偷问。

"饺子本来就是张仲景发明的,大学中医学里介绍过这个典故。医书记载,张仲景为了治疗冻耳疾病,用羊肉、辣椒和驱寒药材做成'祛寒娇耳汤',患者服用后疗效显著。人们为了纪念张仲景的功绩,用面皮包成耳朵的形状,取名为'娇耳',这就是饺子的雏形。"

"这个逻辑有点儿绕。是你告诉他,他才发明的,如果你没有穿越过来⋯⋯"

"我们不在,医圣花些时间也能想到。"黄飞觉得是自己沾了张仲景的光,得以被载入史册。不知道后世的医书里会不会提到自己呢?黄飞不由又动起了穿越回现代的念头,只为直奔医学院图书馆,翻一翻自己的名字在不在教科书上。

张仲景命人将麻黄桂枝等药材和羊肉一起炖煮后包入饺子皮之中,再将加了饺子的药汤发给灾民,取名"祛寒娇耳汤"。老百姓闻到羊肉的香味,纷纷被吸引过来,再一看耳朵形状的饺子,果然不再排斥汤药,纷纷围过来领取救济。

如此,长沙"伤寒冻耳疫情"得解。

可是,宣言病了——痛经,在一次帮患者消毒换药时竟然痛到栽倒。眼睁睁地看着豆大的汗珠不断从她的额头滚落,黄飞一个外科医生竟束手无策,只能责怪自己当年没学好妇科。

张仲景闻讯赶来,把脉之后,先是皱紧眉头颇为不解,旋即露出笑容,似乎已知道了宣言的根底:"老夫惯用针石止痛,可否让老夫一试?"

"还请太守帮忙。"黄飞赶紧拜谢。

张仲景施针之后,宣言的疼痛立时大为缓解。

"太神奇了！"宣言如释重负，"我身为麻醉科医生，离开麻药对疼痛就毫无办法了。太守可否教我不用药物的针灸止痛法。"

"当然可以，只要宣大夫愿意学，老夫必倾囊相授。"

"这就是针刺麻醉呀。宣言，有张太守亲自教你，你有福气了。"黄飞深知机会难得。

"老夫也想讨教手术、消毒和麻醉之法。可否请两位大夫开坛授课，向长沙的医者传道授业？"张仲景趁机提议。

"愿和长沙同行互相交流，共同进步。"二人当即表态。

张仲景很快在长沙开设了"医者论坛"，聘请长沙名医前来授课。张仲景主讲伤寒病论和针刺之法，黄飞主讲消毒和人体解剖，宣言主讲麻醉。三人教学相长，各有收获。

论坛结束，在黄宣二人即将返回吴郡的前夜，张仲景单独邀请黄飞到屋里饮茶。

"仲景从医以来始终有一个困惑，看不清医术之路究竟通向何方。想听听黄先生高论。"

黄飞一时语塞，不知从何说起。

张仲景见黄飞不语，便换了个话题："老夫斗胆问先生，宣大夫可是女儿身？"

黄飞心里一怔："太守如何得知？"

"老夫帮宣大夫诊过脉、施过针，宣大夫得的是女子的疾病。"

黄飞突然想到，《金匮要略》记载了不少妇科疾病的疗法，甚至可以称得上妇科巨著。面对张仲景这个妇科圣手，哪还有什么秘密可言。黄飞只好坦白："太守明察秋毫。宣大夫的确为了行医方便，不得已男扮女装。多谢太守帮我们保守秘密。"

"老夫也认为所谓女子不得为医乃是陋习。宣大夫这样的女子为医，可救多少黎民于水火啊！"

"是的，男女本当平等。男人能做的事，女人一样能做。"黄飞慷慨陈词，"其实不仅男女要平等，我认为人人都要平等。"

"先生一语点醒梦中人，老夫茅塞顿开，医术之路通向平等。所谓的帝王将相，剖开身体，不过是一样的心肝脾肺肾。药石之力，对每一个病患都是平等的，不论贵贱，人均逃不过生老病死。"

"可是他们却得不到平等的治疗。"黄飞长叹。

"纵为医者，终究只有一己之力。"张仲景深以为然，"老夫为官为医数十载，只求守住仁心，问心无愧。老夫尊重先生，不仅因为先生的医术，更因为先生的仁心。"

"太守谬赞了。医术之道，仁心所向。心中有仁，方为良医。"

"可是，有多少大夫偏离了仁心？伤寒疫情一起，一些庸医便趁火打劫，不给病患认真诊脉，'按寸不及尺，握手不及足'。或和病患相对片刻，便开方抓药，只知道赚昧心钱。更多的人，虽师承名医，却不思进取，因循守旧，不精心研究医方、医术，以减轻百姓的病痛为己任，而是竞相追逐权势、荣耀，忘记了自己的本分。"

"是啊，在我们医院也一样……"黄飞一时走嘴，于是赶紧把话岔过去，"明日，我和宣大夫就要启程，再次拜别太守，感谢太守授业之恩。"

"先生哪里话,若不是先生,长沙恐怕早已……请先生接受老夫一拜,权当替所有长沙子民道谢。"张仲景说着就要跪拜。

"太守,受不起,受不起。"黄飞赶紧扶住张仲景。

张仲景又拿出一沓书来:"老夫集一生之经验,著了此书,名曰《伤寒杂病论》,共计十万余字。我命人誊抄了一份。现将其献与先生,还望先生指正。"

黄飞激动得热泪盈眶:《伤寒杂病论》是医学界的旷世经典和知识宝藏,也是张仲景的成名作。自己的医学知识很大一部分来自医圣思想的传承。现在这本书的作者医圣本人竟然赠给自己《伤寒杂病论》原稿,这真是令所有学医人艳羡的荣誉!但总觉得哪里不对,在自己模糊的记忆中,这本书的篇幅并不是十万字。难道是自己记错了?

黄飞来不及细想,接过书稿连连拜谢。

第二日,三人依依惜别。黄宣二人启程返回吴郡,张仲景派人一路护送,直到二人安返中华医馆。

深夜,黄飞在中华医馆翻看《伤寒杂病论》。看着看着突然大惊失色,他发现了一个惊人的秘密——一个足以改写历史的秘密。

第九章

孔明

第二天一早，黄飞急不可待地找到宣言："我发现了抗生素的秘密！"

宣言一头雾水："怎么，你提取出青霉素了？"

"不是，是《伤寒杂病论》记载的药方。张仲景这本书里许多药方的杀菌能力比抗生素还要强。尤其是这个'七花解毒散'，药效简直堪比青霉素！"

"那为什么后世还要发明抗生素？"宣言有些不敢相信。

"因为失传了，非常可惜！我中华医术的一大损失。"黄飞感慨万千，"那天张仲景给我《伤寒杂病论》的时候我就纳闷，怎么是十万字。我学过的《伤寒论》和《金匮要略》，加起来只有八万字！"

"我明白了。你曾经说过《伤寒杂病论》分《伤寒论》和《金匮要略》两部分，其实原著是三部分：《伤寒论》、《金匮要略》和《杂病论》。对吗？"

"是的，这个《杂病论》记载的就是大量植物类抗生素的用法！"黄飞的语气充满遗憾，"可惜它在后世失传了，否则我中华医术早就超越西方千年，何必等到1928年弗莱明发现青霉素。"

"张仲景能治好吕蒙的感染，就是因为他掌握了全身性抗生素的用法？这真是太神奇了！"宣言也激动起来，"无论如何，今后的患者大都有福了，手术后的感染率将大幅下降。"

"是的，非常棒！"黄飞点头称是，"今后我们的手术再也不会受到术后感染问题的掣肘了。"

然而，两人并没有察觉山雨欲来，历史的重要节点近在眼前。

吴郡的百姓都在传要打仗了。官府每天都在招募新兵，许多人家关闭了店面躲到乡下，甚至把男丁藏到山上。

这是赤壁之战的前夕。

曹操击溃了袁绍，讨伐了刘表，不费吹灰之力获得了荆州，集结八十万大军继续南征，并写信给孙权："欲与足下会猎于江东，共擒刘备，永结盟好"。

在孙权看来，这是赤裸裸的战书：希望我放弃祖上在江东的三代基业，俯首称臣？文武百官皆可降，降了还能继续做官，毕竟跟着谁打工都是打工，可老板降了能干什么？

面对朝野一片乞降的文臣，孙权举剑砍断案板："敢再言降者，当如此案！"

孙权任命周瑜为大都督，总统江东水陆军马，积极备战。

刘备方面也没有闲着，在被曹操击败后仓皇逃跑途中，派出诸葛亮积极游说东吴，促进孙刘联盟、共抗曹操。

吴郡的街头巷尾都在热议：卧龙先生驾到。听说诸葛亮身长八尺，面如冠玉，头戴纶巾，身披鹤氅，有博古通今、洞悉鬼神之智。所有人都想见识一下这位孔明先生。

宣言也不例外："我们穿越一趟不容易，总要见见传说中的诸葛亮吧？"

黄飞却没那么乐观："应该很难，我们医生毕竟还是升斗小民，和统治阶级有很大的距离，除非……"

"除非什么？"

"除非他们有病。"

他们真的有病了。

周瑜病倒了！吕蒙骑着快马来到中华医馆："大哥三弟，大都督急请！"

"二弟先说说是怎么回事。"有历史剧透，黄飞还算淡定。

"曹贼来犯，大都督夙夜忧思。昨日练兵劳累，吐血倒下，不省人事。"吕蒙语速极快，"回到水寨，大都督醒来，看了大夫，吃了药，又吐了几口血。我看情况不妙，赶紧来求助。"

"看来血没止住，那我们快点儿去！"宣言听不得周瑜有难。

"看来大都督的病，今天要交给你了！"黄飞心里清楚，周瑜此病恐怕不只是劳累所致，还有心病的因素。黄盖已经打了，曹操也中计用铁索连船了，火烧赤壁只差东南风的天时助阵。但这隆冬季节，怎么能有东南风呢？这些军事机密，吕蒙恐怕无法对黄宣二人明说。

三人来到周瑜的水寨中。周瑜正在病榻上捂着肚子长吁短叹：“壮志未酬，悠悠苍天，何薄于我！”

　　黄宣二人仔细查看了周瑜的病情。

　　“大都督是不是经常饮食不规律，一日三餐不能保证？”宣言询问侍从。

　　“大都督军务繁忙，经常忘了吃饭。别说一日三餐，能一日一餐就不错了，还说不准什么时候吃。有时陪客人饮酒，也完全不进食。上次接待蒋干，大都督酒后就吐过血，但都督自诩习武之人，觉得只需让大夫配点儿药就好了。”侍从回禀。

　　“大都督经常焦虑和生气吗？”

　　“是的，有时不开心索性饭也不吃了。”

　　“大都督可是经常排黑便？”

　　“先生怎么知道？”侍从惊讶过后大为折服。

　　“你觉得像什么病？”黄飞问宣言。

　　“年轻人，三餐无规律，经常饮酒、吃刺激性食物，大战前夕重度焦虑引起吐血，伴有腹部疼痛，多是消化道溃疡引发的出血。”宣言已有结论，“从经常排黑便的症状来看，周瑜的消化道溃疡可能由来已久，目前只是急性发作了。”

　　二人正说着话，周瑜又“哇”地吐了一口鲜血。

　　“这是典型的上消化道出血，血还没止住，我们快点儿止血。”黄飞赞同宣言的推断。

　　“我来！”宣言斩钉截铁，“我现在插胃管，快帮我准备冰盐水止血！"

"现如今不能做内镜止血，也只能用冰盐水加肾上腺素来收缩血管，达到止血的目的了。"黄飞道，"你箱子里还有药吗？"

"肾上腺素还有。"

吕蒙很快找来了冰和盐。

宣言对周瑜说："情况紧急，我要从大都督的鼻子里插入胃管，打入药物止住腹中出血。大都督可信得过我？"

"竟然在大都督身上插管，还是插到鼻孔里，这和插刀子有什么区别？大都督的性命岂非堪忧？"周围的将领和侍从议论纷纷。

"不懂别乱说！"吕蒙站了出来，"我也被宣大夫用插管子的方式喂过食物。我的命就是两位先生救的。难道主公的病，不是两位先生看好的吗？我与两位先生乃是结拜兄弟，他们又怎会谋害大都督？"

双方僵持不下，直到躺在床上的周瑜缓缓说道："瑜信得过先生，请先生放手医治。"

"那你要尽力配合我。"宣言趁热打铁，"插胃管的时候，大都督要不断做吞咽的动作，这样才能把管子吞入胃里。否则，一旦将管子插入肺中，后果不堪设想。"

"先生请插管，瑜乃习武之人，有何惧哉！我吞管子便是。"

在周瑜的通力配合下，宣言很快插好了胃管。同时，黄飞配置好了含有肾上腺素的冰盐水。

宣言将冰盐水通过胃管缓缓打入周瑜胃里。周瑜顿觉胃部一阵冰凉。冰盐水在胃部起效一段时间后，宣言将其抽出。一开始抽出的液体是浓浓的血水，但因为腹中液体被吸出，胃部压力降低，周瑜觉得腹胀、腹痛大为缓解，不适感大减，不由直呼神奇。宣言再次打入新鲜的冰盐水，然后抽出。如此反复多次，直到抽出的液体渐渐变淡。

"血应该快止住了，但还不够。"宣言想起张仲景的针刺之法，让黄飞继续打冰盐水，自己又用针刺了周瑜的足三里、三阴交、中脘、天枢、梁丘、上脘等穴位，直到出血完全停止。

"两位先生医术神奇，瑜拜谢救命之恩。"周瑜欲起床叩拜，被宣言赶紧拦住。四目相对之时，周瑜帅气的脸庞把宣言迷得说不出话来。

"大都督这几日千万别再吃辛辣或者硬质、刺激的食物，也不能饮酒，所有吃食都要打碎，以烂糊状从这胃管中打入。只有这样才能让大都督快速恢复。可否？"黄飞正色嘱咐。

"瑜谨遵医嘱。"

"此外，大都督切不可再大喜大悲。情志之伤会使胃部出血旧疾复发，一旦出血严重便会有性命之忧。"宣言说到此处，想起周瑜的结局，突然僵住。重度焦虑或重度生气，都会使消化道溃疡再次出血，严重时不仅出血，还伴有胃穿孔、腹膜炎，到这一步病情就难以控制了。也许，这就是诸葛亮气死周瑜的缘由。

"两位先生妙手回春，令人佩服。听这位先生言语间似有忧虑，亮有一计，可保大都督快速痊愈。"说话间，一人手持羽扇从屏风后缓步走出。

看这人的气质，难道是诸葛亮登场了？

宣言看得清楚，这位孔明先生身材高大，长相英俊，一对剑眉横插入鬓，留一副络腮胡须，面容清瘦，颧骨略高，但器宇不凡。炯炯有神的眼睛闪烁着令人折服的智慧之光。一身素衣，衣袂在他走动间微微飘动，人显得飘逸而神秘。

原来诸葛亮比周瑜还要高，还要帅。

三国两大帅哥，宣言今夜尽收眼底，难免胡思乱想，一时间竟然面色羞红、呼吸急促起来。在她看来，与周瑜相比，诸葛亮最独特的是那双深邃的双眸，有种摄人心魄的光彩。孔明，孔明，这孔确是够明的。

诸葛亮向众人施礼："子敬与我一起来看望大都督。我俩已静观多时，目睹两位先生医术之神奇。但孔明以为，大都督不仅有胃病，还有心病。亮献一计，可医都督之心病。"

周瑜命左右将自己扶起："请卧龙先生赐教。"

诸葛亮递上一张纸条，周瑜看后大为惊诧。吕蒙正好在旁，看得清楚，纸条上写着："欲破曹公，宜用火攻。万事俱备，只欠东风。"

吕蒙也不敢相信自己的眼睛：这种内部军事会议上商量的要事，孔明怎么一清二楚，真乃神人也。

黄宣二人小时候都看过电视剧《三国演义》，只是没想到这一幕竟是真的。

周瑜耐不住性子："先生已知我心病所系，将用何药治之？事在危急，望即刻赐教。"

诸葛亮早有准备："亮虽不才，但曾遇异人传授奇门遁甲之术，可呼风唤雨。都督若要东南风，可于南屏山建一台，名曰七星坛，高九尺，作三层，用一百二十人手执旗幡围绕。亮于台上作法，借三日三夜东南大风，助都督用兵，如何？"

周瑜喜出望外："休道三日三夜，只一夜大风，大事可成矣。只是事不宜迟，先生打算何日作法？"

诸葛亮道："十一月二十日甲子祭风，至二十二日丙寅风息，如何？"

周瑜心神舒畅，当即传令：差五百精壮军士往南屏山筑坛，拨一百二十人执旗守坛，听候使令。

周瑜转身对黄宣二人道："瑜之胃病承蒙两位先生援之以手。两位先生皆有通晓鬼神之医术，瑜实离不开两位先生。大战在即，请两位先生留在寨中，万一瑜又不适，从速调理，可否？"

宣言脱口而出："万死不辞！"

黄飞暗自盘算：帅哥的魅力真是无法阻挡。宣言钦慕男神不要紧，可这一应承等于把自己也搭进去了。只不过，周瑜哪里是依赖我们的医术，分明是怕我们泄露军事机密，才托词把我们留在身边。这样也好，看来赤壁大战是真的，可以亲眼看到了，而且还是在主角周瑜的身边。真是千载难逢的机会。

诸葛亮和周瑜商讨完毕，起身辞行。黄飞在帐外叫住了诸葛亮。他想抓住这次宝贵的机会，和自己少年时的偶像深入交谈一次。

没等黄飞表达崇拜之情，诸葛亮先发制人："先生医术通晓鬼神，能起死回生，孔明佩服。"

黄飞想早点儿进入正题："卧龙先生过奖了。我们哪里有什么鬼神之术。这都是基于人体解剖学的一些雕虫小技罢了。先生之谋略才称得上惊天地泣鬼神！不才疑惑，先生对东南风的预测如此准确，难道这风真的是向鬼神借的吗？"

诸葛亮诡秘一笑："天意不可违。孔明只是洞悉天意，顺天而为罢了。"

黄飞明白了，诸葛亮并不是借了东风，而是预测了东风。从科学的角度而言，诸葛亮通晓天文，所以能通过观察气象，预测刮东南风的准确日期。刚才的一切，不过是故弄玄虚，迷惑东吴众人罢了。

诸葛亮并不是智多近妖的神人，而是和我们一样，拥有血肉之躯。但就是这一介书生，凭借一己之力，力挽狂澜，兴复汉室，最终用生命践行了自己"鞠躬尽瘁，死而后已"的誓约。这才是他真正令人尊敬的地方！

诸葛亮掏出一个玉佩，将其赠与黄飞："如今在他人寨中，孔明不便多说。今后若有事，可持玉佩到刘豫州帐下寻我，孔明必尽全力相帮。"

黄飞收下玉佩，拜别诸葛亮："感谢卧龙先生！今后若有需要我们的地方，让人来中华医馆传唤即可。只要先生吩咐，必效犬马之劳！"

诸葛亮微笑作揖："如此，亮先谢过二位先生。只是，你我身处不同阵营，日后二位先生如来找亮，持玉佩即可，若是亮差人来找二位，不知凭何信物？"

黄飞先是一愣，接着窘迫起来。两人虽曾得到赏赐无数，也算腰缠万贯，但一时要拿出像这个玉佩一样世间独一无二的物件，却实在为难。

大脑飞速运转片刻，黄飞并没有让尴尬持续太久。他并没有拿出任何东西，只是靠近诸葛亮耳语："卧龙先生，我们来这里时间不久，没有什么贵重之物可以赠予。但有两句话，除我俩之外，这世上再没有人知道。日后先生要是派人来找我们，只要说出这两句暗号，我们就知道是自己人。"

"哦？"诸葛亮饶有兴趣地望向黄飞，"不知是哪两句？"

"天王盖地虎，宝塔镇河妖！"黄飞说得一本正经。

宣言听后差点儿气晕过去：面对古今第一奇人诸葛亮，黄飞竟然想出这样粗俗的暗号，而且还不是原创的。

诸葛亮当时却不明就里，认真地跟着念了几遍："有意思。二位先生，后会有期。"

黄飞望着诸葛亮远去的背影，心中百感交集，久久不愿离去：两人穿越到吴国，而刘备注定要入主蜀中。以后与诸葛亮分属不同阵营，不知还有没有再遇到这位千古名相的机会。

其实，他们与诸葛亮的故事，才刚刚开始。

接下来的几日，诸葛亮登坛焚香，在"七星坛"上煞有介事地作法，口念咒语，装作呼风唤雨的样子，祈求东南风。到了约定日期的半夜三更，忽然风响旗动，果然东南风大作，军士齐呼"孔明先生真乃神人也"。

黄飞则拉着吕蒙逐一确认到底有没有舌战群儒、草船借箭、苦肉计、群英会、蒋干盗书这些事情发生，还让吕蒙找来相关的官方记载文字。

吕蒙被问得丈二和尚摸不着头脑："大哥你在说什么？是在

说书吗？"

　　黄飞好生失望。原来这一切都没有发生过。赤壁之战是真的，但这些细节却不一定是真的。或者，以两人的身份地位，无法洞悉是真是假。唯一可以确认的是，东南风对于火攻来说，的确是必不可少的。

　　东风已到，赤壁之战真的来了。黄飞和宣言将陪着周瑜，在主帅战船上，亲历这场被传颂千年的大战！

第十章

赤壁

赤壁之战开始了，在主帅战船上观战让黄飞格外激动。

这天夜里，东南风很急，江面上波浪滔天。宣言站在船头，黄飞递给她一件披风。宣言还是觉得冷："我从小就不喜欢看打打杀杀，要不我去仓里休息？有事再叫我。"

"好的，那我留在上面，见识一下。"黄飞兴致勃勃。

站在船头迎风眺望，长江天险纵然开阔，也能一览无余。远处应该是曹操停靠在北岸的船队，在水汽中若隐若现。船与船之间用一条条铁索连接起来，仿佛制造出一艘巨大的航空母舰。离近一些可以看到曹操的水军旌旗招展、阵容齐整。虽然仍隔得很远，但敌人的战力似乎已扑面而来。

突然之间，有二十几艘小船，张足了帆，趁着东南风，快速向曹操的战船驶去，船体都用幔子遮住。船头大旗上赫然写着一个"黄"字。这应该是黄盖的小船，去诈降的。幔子遮住的并不是献给曹操的粮草，而是火攻用的芦苇和火药。

"船开得再快点儿，千万别被曹操发现！曹军此刻不要放箭，千万不要放箭！"虽然明知结局，但身临其境，黄飞仍然不由自主地紧张，生怕历史发展得和自己所知道的不一样。

突然，黄盖的小船全部燃起了大火，朝着曹操的船队冲去。东吴水军瞬时鼓声、杀声大作，战船全速开动，将漫天的火箭射向曹营。曹操船队全部被铁索锁死，没法散开，一下子都着火了。大火蹿上岸，岸边的曹营很快陷入火海。

火光照得漫天通红，浓烟封住了江面，分不清哪里是水哪里是岸。哭声喊声混成一片，曹操的人马被烧死淹死的不计其数。

黄飞第一次经历战争，但是面对即将到来的胜利，却感受不到丝毫的兴奋和喜悦。耳边传来的都是撕心裂肺的哀嚎，以及被大火吞没后垂死的呻吟，惨叫声与啼哭声弥漫在整个江面上。这是真的在杀人啊！中国人杀中国人，不管赢的是谁，死的都是同胞。只是因为没有实现大一统，敌对双方就必须拼个你死我活。杀人在这样的历史大背景下变得理所应当、不容置疑。

千年之后，他们的后代将守望相助、睦邻友好，一起逛庙会、一起刷抖音，一起看春晚，一起坐高铁，一起在高速公路服务区吃泡面、撸串，甚至恋爱、结婚、生子。如果战士们知道这一天终将来临，还会不顾一切地自相残杀吗？

其实，此刻杀戮的目的已不重要，战士也许根本无暇考虑自己在为了什么而牺牲。那么多无辜生命换来的胜利，只对统治阶级有意义。此时此刻，黄飞终于领悟"兴，百姓苦。亡，百姓苦"这句古训。

周瑜、诸葛亮、孙权、鲁肃……经过这场战争，他们将名垂青史，彪炳千秋。可是，这些被烧死、砍死、捅死的战士，明明也曾拥有一样鲜活的生命，却完全不会被写入历史的长卷。"一将功成万骨枯"，一人的不朽，不过是千百万人的速朽换来的。

"青史几行姓名，北邙无数荒冢。"看着漫天的火光，听着不绝于耳的喊杀声，黄飞想了很多很多。经历了这一夜，他终于不再是穿越过来的历史观光客，这不是在用现代知识玩一场古代剧本杀，而是正在经历活生生的历史。

遐想之际，吕蒙和几个士兵抬着担架过来："大哥！小强不行了，你看还能救吗？"

担架上的这个人真的是小强吗？我曾经救治过的小强？整个人早已被烧得面目全非，只能依稀分辨出脸上痛苦的狰狞。直到无意中瞥见头上的伤疤，黄飞才彻底相信这残酷的事实。那道伤疤是上次手术留下的。

"小强，你醒一醒！"黄飞握着小强的手大声呼唤。

小强似乎用尽最后一口气，挤出一声"娘"便断了气。

黄飞顿时落泪。曾经千辛万苦救活的病人，如今死在自己面前，而且死状如此凄惨，即使是一个看惯生死的医生，也很难不崩溃。

"先生可能没看过打仗，有些不适。吕蒙，快扶先生去休息。"周瑜观察到黄飞的表情有些不对。

黄飞此时已下定决心："恳请大都督让我组建战时救护所，我要在那里救人！"

"吕蒙，为先生开辟一处合适的场所，专门用来救治伤员。即日起，救护所由你和先生掌管。"周瑜非常理解黄飞此刻的心情。

"谨遵大都督命令！"吕蒙道。

火攻当晚，吕蒙带着黄宣二人和许多东吴的医生，在新建的战后救护所开始从事急救工作。

救护所只是一个临时搭起的帐篷。大量伤病员被抬入救护所，四处传来惨叫声和啼哭声。吕蒙急得手足无措："大哥，这么多人，这么乱，先救谁啊？"

黄飞早有准备，拿出一叠五颜六色的布带："我们先按照病情的危重程度，给伤病员分诊，扎上不同颜色的布条。扎红色布条的重伤员优先救治。"

宣言向众人详细解释了伤员分诊的基本原则。

第一优先，或称即刻优先：危重，红色布条。表示伤病员情况危重，有生命危险，如果得到紧急救治则有生存的可能。伤病员的症状为：呼吸频率大于每分钟 30 次，或者小于每分钟 6 次；有脉搏；毛细血管复充盈时间大于 2 秒；有意识或无意识。

第二优先，或称紧急优先：严重，黄色布条。表示伤病员情况严重但相对稳定，允许在一定时间内救治。伤病员的症状为：呼吸频率为每分钟 6 次到每分钟 30 次；有脉搏；毛细血管复充盈时间小于 2 秒；能正确回答问题和按指令完成动作。

第三优先，或称延期优先：轻度，绿色布条。伤病员可自行走动。

第四优先，或称致命、死亡：黑色布条。伤病员无意识，无呼吸，无脉搏。

众医生按照以上原则给伤病员分诊，各项救治工作开始有条不紊地进行。

救护所里伤病员的数量远远超出预期，大量的药品被不断消耗。不到两天就出现了药品紧缺的情况。吕蒙带着一队人马陪着黄宣二人到中华医馆取药，在回程的路上，遭遇了一小队曹兵。

此时火攻虽然结束了，但赤壁之战并没有结束。对曹操败军的追击仍然在继续，大部分曹军都被冲散了。

眼前的曹兵只有五六个人，全部受了伤，看到吴兵来了，赶紧丢下武器跪地求饶："大人饶命，我们降了。"

还没等黄宣二人反应过来，吕蒙一个箭步冲上去拔刀将带头的曹兵砍死。血溅到黄飞脸上。宣言大叫一声躲进黄飞怀里。

"吕蒙，你干吗！"黄飞大喝道。

"大哥，这是曹兵。今天你不杀他，明天他就来杀你！"吕蒙面色凛然。

"可是他们已经投降！你不知道降兵不杀吗？"黄飞义愤填膺。

"从来没这规矩！不杀曹狗，怎么实现主公的宏图大业？"吕蒙道，"被敌人杀死，就是士兵的归宿，不管最终死在谁的手里。"

"什么宏图大业？我只看到中国人在残杀中国人，汉人在屠戮汉人。真正的宏图大业，难道不应该是让天下苍生活得更好吗？看看你们都在干什么，杀光所有人，这样的宏图大业有什么意义？暴力只会招来更多的暴力！"黄飞再也控制不住自己的情绪。

吕蒙被黄飞震慑住了，这样的质问是他从来没有想过的。

黄飞向前迈了几步，曹兵被吓得连连退后。

"大家不要怕，我是战地医生，我来给你们治伤！"黄飞说着开始给其中一个受伤的曹兵包扎。

"大哥，你怎么能给敌人治伤？"吕蒙一时无法理解黄飞的举动。

"因为他们投降了，因为他们也是中国人。"黄飞转脸看向宣言，"换你，你治吗？"

宣言点点头，一边上前帮忙一边安慰吕蒙："二哥放心，我们就在这里治，不把他们带进救护所，你就当没看见。"

二人也不等吕蒙回应，立刻开始查看曹兵的伤口。吕蒙有些发愣。按军法，这二人为曹兵医治，有通敌的嫌疑，理应处置。但通敌的是自己的大哥三弟，曾把自己从鬼门关救回来的恩人。

"好，兄弟们走！"吕蒙咬了咬牙，独自带着人马和药品向救护所奔去。

黄宣二人本想在帮助曹兵包扎好伤口后自行返回，可他们居然迷路了。绕了一圈，又回到了原地，不料却看到令人惊骇的景象——刚才治疗过的五六个曹兵全部被砍杀，倒在血泊之中。很明显，是另一队路过的吴兵干的。

黄飞跪倒在尸体前，抚摸着自己方才包扎过的伤口："这几个伤兵非得死吗？不死难道会改变历史，左右战争的走向？为什么他们难逃一死？这就是战争吗？"

宣言更加难以面对："太残酷了，我想回家。"

正在此时，送完物资不放心二人，又带着七八个亲兵侍从折回来接应的吕蒙赶到："大哥三弟，山路崎岖，加上战乱，既危险又容易迷路，我带你们回去。"

众人回到救护所时，黄宣二人已经有点儿精神恍惚。他们从未亲身感受过如此强烈的生与死的冲击。医者的价值，亲情友情，家国情怀，很多情感交织在一起，实在让人无法释怀。

然而，救治的工作还要继续。

第二日，一个重伤员被抬进救护所，身上扎着红色布条，浑身是血，大口喘气。旁边两个陪护的士兵，一见到黄飞就跪下大哭："求神医救救我大哥，他就剩下一口气了。"

黄飞急忙把两人扶起："别着急，说说怎么回事。"

"大哥从马上坠落，头撞到地上的大石头，当时就昏死过去。我们赶忙送过来，现在就成这样了。"其中一个士兵道。

"你大哥叫什么名字？"黄飞随口问了一句。

"叫……叫大壮！"士兵有些不好意思。

黄飞仔细端详这位重伤员，体格壮实，身着吴国军服，过于发达的腱子肉似乎随时要撑破衣服。虽然浑身是血，却遮不住满脸横肉和杀气腾腾，看上去是位猛将，只是现在已经重度昏迷。

任由黄飞如何拍打呼叫，大壮都没有反应。左侧太阳穴附近的淤青，应该就是石头撞的。同时，右侧瞳孔已经散大。

又一个脑疝，这想必就是昏迷的原因吧。黄飞赶紧问士兵："你们大哥坠马的时候有没有戴头盔？"

"戴了，是戴着头盔撞的石头。"

黄飞转身叫来宣言："这是重度脑外伤，脑疝，要马上做开颅手术，开右边。"

"大哥是左侧受伤，为什么开右边？"士兵不解地问道。

"如果没戴头盔，大概率就是左边碰撞左边出血。但因为戴了头盔，虽然是左侧受伤，出血却可能在右边，这叫对冲伤。正因如此，右侧瞳孔散大了。要马上把颅内淤血清除掉，他才有活命的可能。"黄飞见两个士兵脸上仍有迟疑的神色，不免有些生气，"难道吴军上下还有人信不过我？"

"不敢不敢，素闻神医能起死回生，全听神医的！"两个士兵连忙下跪。

"你确定是对冲伤吗？有多大把握？"宣言十分谨慎。

"没有 CT，一切只能靠推理。但是右边瞳孔散大，一定是右侧脑子有问题。我想把颅骨切除，把血肿清除掉，这样他才有活命的可能。你快插管准备手术吧。"黄飞当机立断。

"好的，但是就剩一根气管插管了，麻药也快用完了。"宣言提醒道。

"救命要紧。先救他，以后再想办法。"黄飞道。

在临时救护所的手术室里，宣言很快插好了气管插管和胃管，并用猪膀胱做的气囊帮助大壮通气。

消毒，铺巾，黄飞用柳叶刀沉着地划开了大壮的头皮，用手摇钻在颅骨上打洞，用线锯导板连接洞口，切除颅骨……

随着一大块颅骨被卸下，包裹在大脑外侧的硬脑膜露了出来。黄飞摸了一下，硬邦邦的，原本应该是白色的硬脑膜现在已呈现蓝色。

"赌对了，就是对冲伤，硬脑膜下出血。这蓝色就是红黑色出血透过白色硬脑膜显出的颜色。"黄飞既得意又欣慰。

　　黄飞小心翼翼地剪开硬脑膜，大量暗黑色的血液飙出。黄飞仔细将这些血液全部清除。现在可以看到，淡黄色的大脑正在随着心跳的节奏波动着。

　　"这就是脑搏动。节奏还可以，说明血肿对大脑的压迫已经解除了。"黄飞松了一口气。

　　"大脑里的出血要探查一下吗？你以前在中华医院处理急诊病人时都要在大脑里吸血的。"宣言问道。

　　"大脑没有硬邦邦，说明里面的出血还可控，应该自己止住了。以目前的条件，只能进行到这里。我们造不出能深入大脑的精细装备，用手术治疗的能力还很有限。剩下的血只能靠他自己吸收了。"黄飞说完又将柳叶刀挥向大壮的肚皮。

　　"你在干吗，为什么要开肚子。"宣言惊呆了。

　　"不是开肚子，是在肚子里保存他自己的骨头。为了充分消除大脑受到的压迫，我要把大壮的颅骨也切除，这样他的大脑才有调养的空间和恢复的可能。但这么大一块骨头不能丢掉。等大壮恢复好了，我要把这块骨头补回去。现在先把骨头藏在他的肚皮下面，自体的组织不会排斥。"

　　"就是说你要做二期颅骨修补？脑外科真不简单！"宣言由衷叹服。

　　随着头皮上最后一针被缝好，大壮的手术结束了。黄飞又确认了一下，大壮的右侧瞳孔已经恢复正常。

　　"第一次手术应该是成功的。接下来，大脑里的剩余血肿能不能吸收，能不能渡过感染和其他并发症的难关，就要看他自己的造化了。"黄飞对两个陪同的士兵说。

"感谢神医救命！我阿龙阿虎兄弟俩，愿当牛做马报答神医大恩！"两个士兵一个劲磕头。

黄飞扶起阿龙阿虎："我们人手不够，你们的确需要留下来照顾好大壮。要往这胃管里打入烂糊的流质，还要按时打入七花解毒散抗感染，可否？"阿龙阿虎连连点头。

黄宣二人此时并不知道，大壮、阿龙、阿虎这三个今天刚认识的人，将给他们的命运带来巨大的转折。

手术后第二夜，大壮渐渐苏醒。阿虎赶紧给他喂食。阿龙也想上前帮忙，匆匆走过来拍了拍阿虎的肩膀。也许是最近太累了，阿龙头晕眼花，脚步虚浮，眼看着就要跌倒。情急中他胡乱抓了阿虎一把，竟将其肩袖扯破。令人吃惊的是，阿虎左肩上若隐若现地露出一个蝙蝠纹身。

"蝙蝠？曹狗！奸细！杀了他！"近旁床位上的吴军伤员看到后立即拔刀呼喝。

吴军上下无人不知，蝙蝠是曹军的荣誉象征和团队标志，有顽强、坚定且充满战斗力的寓意，被直接用在曹操的帅旗上。

"孙狗！爷爷在此，我看谁敢动！"阿龙阿虎毫无惧色，拔刀与吴兵对峙。

"我看谁敢闹事！"黄飞看清形势后当即大喝，"都把刀放下，还想不想看病了！在这里治疗的，都是病人，不分吴军曹军，一律不许打架。出了我这门，你们杀得天昏地暗，我也不管！"

思考片刻后，所有人都放下了刀，病房里总算恢复了平静。

可消息却不胫而走。

　　没多久吕蒙急匆匆赶来，把黄宣二人叫到僻静的地方："大哥，三弟，曹狗不能留，最好立刻斩杀。你们下不了手，也要立刻把他们赶出去，否则通敌卖国的罪名谁能担得起？"

　　"二弟有所不知，这个病人救过来不容易，现在还没完全苏醒。若今夜走了，他只剩死路一条。明天一早我就赶他们走，如何？"黄飞只能乞求吕蒙手下留情。

　　吕蒙面露难色。

　　宣言也好言相劝："二哥，这个病人身着我军军服，真实身份我俩确实不知情。他来的时候奄奄一息，我们花了好大工夫才救活，用掉了最后一根插管和所剩无几的麻药。深夜把他们赶出去，病人肯定会被豺狼虎豹叼走，我们就前功尽弃了。不如明天一早再赶他们走。我们俩是这里的主事，能自行裁决，这样做不会有事的。"

　　"好吧！我只能睁一只眼闭一只眼。就当我不知道此事，今夜我也没来过这里！"吕蒙无奈离去。

　　然而，事态的发展却与宣言的预想完全不一样。

　　次日清晨，黄宣二人还在睡梦中就被粗暴地拖到地上，五花大绑，关押起来。

　　到底是谁出卖了二人？

第十一章

决裂

一起被绑的还有大壮和阿龙阿虎。可怜的大壮，刚刚有点儿意识，还身负重伤，就直接被绑在了担架上。

关押他们的帐中，有一个吴国军官，被十余个带刀侍卫簇拥着。

军官厉声喝问："黄飞、宣言，你二人可知罪？"

黄飞正在思忖怎么回答，吕蒙带着两个兄弟进入帐中。军官连忙上前作揖。

黄宣二人怎么都不会想到的一幕发生了。吕蒙二话不说，一刀砍下军官的脑袋。吕蒙的两个兄弟立即向十余个带刀侍卫呼喝道："吕将军诛杀反贼，全部给我放下刀。"

侍卫们大概被吓傻了，全部乖乖地把刀扔到地上。

吕蒙早有准备，一声令下，一队吴兵闯进来，把十余个侍卫全部斩杀。

这一系列操作在转瞬间完成，黄飞和宣言看得目瞪口呆。

吕蒙让手下给所有人松绑："大哥，三弟，主公派来杀你们的人马上就到！"

"为什么？难道不能和主公解释吗？"危机迫在眉睫，黄飞一时间还无法接受。

"大哥，没机会了，百口莫辩。你可知道你救的是谁吗？"吕蒙指向大壮，"他是许褚啊！"

许褚？难道是曹操的贴身保镖加帐下大将许褚？未来的魏国第一猛将虎痴许褚？

这时阿龙突然跪下大哭："我俩对不起先生！我们在葫芦口遭到张飞伏击。将军为救主公，情急之下骑着无鞍之马拦截张飞。张飞勇猛过人，将军坠马受伤，性命危急。我俩对二位神医早有耳闻，无奈之下只好换上吴军军服混进来，只为救将军一命！我俩的命都是将军给的，将军对我俩情深义重，为报将军恩情，不得已才出此下策。请大人们放过将军！"

听到真相，黄宣二人都怔住了。

"大哥，三弟，你们治好主公和大都督可谓风光无限。可是，你们知道朝中有多少人想要你们死吗？大哥，这把刀给你，你现在亲手割了许褚的首级，我们一起面见主公，才能堵住悠悠众口！"

吕蒙说着递过一把刀来。与此同时，阿龙阿虎也已被吕蒙的手下制服。

"不可啊，神医不可啊！"阿龙阿虎只能大声哀求。

宣言吓得脸色惨白，而黄飞盯着面前的刀，在大脑中天人交战。

"大哥，现在不是他死，就是你们二人死。我杀得了方才这批人，杀不了下一批啊！"吕蒙急不可耐。

黄飞望了望倒在血泊里的十余人，又望了望担架上气若游丝的许褚，精神恍惚地看向吕蒙："难道没有两全之法吗？我是医生，是救人的，不是杀人的。"

吕蒙坚定地摇了摇头。

"好吧。"黄飞下定了决心，"我不会杀人的。你把我带回去交给主公，要杀要剐，随他心意。但宣言是无辜的，她是受我胁迫的，二弟要保她安全。"

"不要！"宣言大叫起来。两人一起穿越而来，如果黄飞死了，自己一个人苟活在这乱世，还有什么意思？

黄飞将身背转过去，等待着吕蒙手下将自己五花大绑。

"我就知道，你们会这样选。"吕蒙凄然一笑，"大哥，三弟，你们说的什么中国人不杀中国人我听不懂。但我相信，你们不是奸细，你们只是医生。只可惜这次的事闹得太大，主公也保不住你们。你们快走吧！这里交给我，我自有办法。"吕蒙收刀入鞘，向手下使了一个眼色，阿龙阿虎也被放了。

"江边，江边……有人接应。"阿虎颤巍巍嘀咕了一句，"昨夜联系好的。"

黄飞看了一眼阿虎：原来，我所做的一切都是你们算计好的！

吕蒙让手下给尸体换上曹军军服，然后率领亲军将黄宣一行五人一路护送到江边。

众人眼看着一艘小船缓缓从江中驶来，即将靠岸。

这时，突然杀出一队人马，目测竟有百余人。领头军官拍马上前："吕蒙小儿，想不到反贼竟是你。今日必取你首级！"

此处竟然还有伏兵？又是谁出卖了谁？黄宣二人显然已经完全看不清局势，看来现代医生的智力完全跟不上尔虞我诈的三国变局。

"我当是谁，原来是东吴第一弱将张远。我吕家军骁勇善战，今日你敢挑衅于我，那就让你尝尝厉害！"吕蒙拔刀振臂，"众位弟兄，今日和我一起共取反贼张远首级！"

"杀，杀……杀！"吕蒙的军队在喊杀声中冲向敌方，双方展开了激烈的厮杀。

阿龙保护着大壮和黄宣二人，阿虎加入了厮杀。令人意想不到的是，平时唯唯诺诺的阿虎，在战场上像完全变了一个人，身手敏捷，武艺高超，一口气砍倒了十余个吴兵，可谓刀刀致命。

阿龙同样本领非凡，偶有几个冲上来的吴兵，都被阿龙一刀一个结果了。阿龙大吼道："我等乃丞相帐下虎卫军，靠近者必死！"

在场许多士兵都被阿龙的吼声震慑住。虎卫军乃许褚的亲军，是守卫曹操的第一勇士团，也是曹操最为倚重的贴身部队。军中的每一位战士都经过许褚的精挑细选，个个身怀绝技。难怪阿龙阿虎两人的战斗力如此强悍。

吕蒙也为之一怔，但战况激烈，他只看了一眼黄飞，就继续陷入厮杀之中。

战斗以吕蒙一方的惨胜告终。张远的人头最终被吕蒙一刀砍下，百余名士兵悉数战死，吕蒙的亲兵也战至只剩一人。而阿龙、阿虎凭着过硬的实战能力，在战斗中全身而退。

见战事已平息，船只快速靠岸，七人终于可以胜利大逃亡了。

　　谁曾想，又有一队吴兵远远朝着江边追来。吕蒙先是不舍地看了看黄宣二人，转瞬面色一沉，一刀砍死自己的最后一个亲兵，然后拔出阿龙的匕首刺向自己。

　　一次又一次的反转，都完全出乎黄宣二人的意料。

　　"吕蒙，你这是杀红眼了吗？为什么要这样？"宣言几近崩溃。

　　"所有的证人都死了。"将自己刺伤的吕蒙颤巍巍地说道，"今天江边的追兵是我通风报信叫来的，因为所有知情的人都必须死！"

　　见两人一副难以置信的表情，吕蒙咬牙继续："大哥三弟，吕蒙的命是你们救的，今天就算还给你们了。你们一旦入了曹营，战场相见时就是敌人，再莫提兄弟之情，就此恩断义绝，你们走吧。"

　　吕蒙说罢割下一角战袍，丢弃在风中。

　　黄宣二人悲痛落泪，却一句话都说不出来。回想当年初相识，还有那些一起斗鸡走犬的日子，谁能想到会有这一天？

　　"结拜兄弟，何至于此？"

　　恍惚之间，黄宣二人已被阿龙阿虎连拉带拽地带到船上，一起上船的还有仍旧躺在担架上的大壮——许褚。

　　一叶扁舟在风急浪高的江面漂泊，浮浮沉沉，恰如黄宣二人在这个战乱时代的命运。等待他们的，又将是一个全新的棋局。

第十二章

曹营

黄宣二人坐着曹军的接应船，漂泊在江面上。尽管江面颠簸，二人却浑然不觉，始终恍恍惚惚，无法接受与吕蒙的决裂和命运的巨变。至于船只驶向何方，会不会随时倾覆，二人无暇多想，只是看着茫茫渺渺的江面发呆，感慨功名事了，岁月无常。

依稀听到艄公说船要开往江陵大营，宣言不以为意。此刻，她只想回家，回到上海，和爸爸妈妈待在一起。消失那么久，麻醉科应该进新人顶替自己了吧？家里却没法找人顶替她这个独女，父母从哪里能得到失独的抚慰呢？这些心事，每每夜深人静涌上来，都烧灼着她的心。坐在这飘摇的小舟上，望着周围的滚滚江水，宣言甚至在幻想，自己跳下去，江水会送她回到现代，回到父母身边。

而黄飞则始终在思考，如果历史选择让他回到这个时代有特殊的原因，那么为什么他想改变历史时却总是无能为力？穿越前他最大的心愿是钻研新兴课题，发表论文，在医学界青史留名。而来到三国，他这个穿越者，只是简单运用一些现代医学知识，就堂而皇之地成为"神医"，书写了传奇。一开始，他还有些许得意，自从目睹吕蒙为了救他杀了那么多人，他的内心开始无比煎熬，失落感取代了成就感。他曾经对连轴转做手术不屑一顾，认为那只是重复性的体力劳动。穿越后，之前的日子还算舒坦，但此刻的他，和宣言一样，只盼望着能立即回到现代，重新过上一睁眼手术已排满的日子。是的，无论多么辛苦、单调，回到属于自己的时代，才是最好的选择。

可是，怎么才能回去呢？

江陵，是曹仁军队的大本营，是南郡南部的军事重镇。曹操在赤壁大败后，在江陵、襄阳两个据点屯兵驻防，自己则引兵返回了北方。可以说，江陵是通往北方的门户，派重兵扼守江陵与孙权、刘备对峙，不仅可以继续看守大门，也能为曹军赢得在北方重振旗鼓的喘息时间。曹操把这个重要的任务交给了自己最信得过的从弟——曹仁。

把许褚运回江陵是明智的，这里是离东吴最近的一个曹军军事据点，物资丰富，又有重兵把守，而且走水路赶上顺风一日就可到达。

船只靠岸后，立刻有一队曹军来接应。见到阿龙阿虎后，曹兵纷纷下跪："见过龙将军、虎将军。"

原来阿龙阿虎都是大将军，难怪战斗力如此之强。以这样的身份甘愿在救护营乔装打扮、受尽屈辱，他们对许褚的忠心可见一斑。

阿龙阿虎不想让黄宣二人觉得被怠慢，带头下跪："恭迎关内侯及二位先生回营！"

众曹军见两位大将军如此恭敬，也跟着跪拜行礼。

二人也才得知，许褚原来已经官拜关内侯，位高权重，难怪有如此大的阵势。看来以后要在曹营混了，而二人在这里的依靠，就是许褚和阿龙阿虎了。黄飞赶紧将阿龙阿虎扶起。阿龙言辞诚恳："若不是先生救命，我等早就命丧东吴。不仅如此，接下来要让侯爷醒过来，还得仰仗二位先生。"

"已是同生共死过的兄弟，不必拘礼！我二人定然尽力治好侯爷。"黄飞说着看了一眼宣言。宣言点头附和。

众士兵簇拥着几人上马，又派人抬着许褚的担架，一路缓缓向江陵大营而去。

前行不久，听得前方有人大呼救命，似乎是东吴口音。走近一看，一队曹军正在追杀百姓，还大声喊道："杀吴狗，领军功！"

黄飞问阿龙："这是怎么回事，为什么连百姓都不放过？"

阿龙似乎早已司空见惯，说得轻描淡写："按例，只有杀吴军才可以领军功。但哪来那么多吴军？于是，许多士兵用百姓的人头冒领军功。战乱年间，这种事太多了，也管不过来。将领为犒赏士兵、激发斗志，往往睁一只眼闭一只眼。先生，赶路要紧，别管了！"

黄飞心生厌恶，不由得想起吕蒙，难道战争年代的金科玉律就是"今天你不杀他们，明天他们就要来杀你"？

我到底要不要管呢？我有把握能让他们躲过一死吗？

正在犹豫之际，一个孩子逃到黄飞马前，大喊救命。黄飞赶紧下马扶起孩子。一个曹兵跟着杀到，看到黄飞身着东吴服饰，举刀便砍："又一个吴狗，拿命来！"

黄飞吓得赶紧护住孩子抱头躲闪。可是没经过任何格斗训练的黄飞，哪里躲得过？宣言立时被吓得呆住，一个"啊"字卡在喉咙口喊不出来。

千钧一发之际，一把大刀格挡住了曹兵的砍刀，力气如此之大，曹兵被震出数米开外。使刀之人正是阿虎！

阿龙上前拦住追兵，然后掏出腰牌："我等乃丞相亲兵宿卫虎士！哪个不要命的竟敢在我等面前动刀？"

那群杀红眼的曹兵看到腰牌竟然立时惊惶跪地："不知虎士驾到，请大人恕罪。"

阿龙阿虎的亲兵纷纷拔刀，顷刻间控制住了局面。

阿龙面色凛然："尔等击杀百姓，冒领军功，死罪！"

跪在地上的曹军听罢无不汗流浃背，体若筛糠。阿龙阿虎的亲兵逐一核实了被追杀的"吴兵"，身上没有武器，也不是逃兵，确实都是普通的吴国百姓。

黄飞在一旁也听明白了。赤壁之战之前，这群百姓听闻曹军攻吴，都以为孙权要败，自作聪明地偷偷坐船跑到对岸的曹军领地，想投靠亲戚躲避战乱。谁曾想到了对岸却没找到亲戚。一打听才知道，曹军竟然败了。亲戚此时或许已逃到东吴投奔他们，真是阴差阳错。怪只怪自己押错了宝，现在也只能捶胸顿足。他们正准备辗转回到东吴老家之时，却遇上曹军杀良冒功。

"龙将军，兵荒马乱，民不聊生，士兵也不易。放了百姓之后，可否把这些士兵也放了？"黄飞替众人求情。

"就依先生所言。"阿龙很给黄飞面子，对跪在地上的曹军却正色危言，"今天先生求情，就放了你们，各自回军营领罚！"

被饶命的曹军纷纷朝黄飞叩首跪谢。

"龙将军，等我们走了，要是他们又返回来残杀百姓怎么办？得让他们保证！"宣言还是信不过。

"先生放心，我派两名宿卫虎士押这群乱兵回营挨鞭子，保证他们再也不敢乱来。"阿龙已有安排。

黄飞和宣言直到百姓走远后，才放心地跟着宿卫军继续上路。

终于来到了江陵大营。

远远就能看到旌旗招展、军营林立，将士操练的呐喊声此起彼伏。走进大营一看，士兵们衣着整齐，身姿挺拔，队列整齐，不仅显得训练有素，难得的是个个满面红光、斗志昂扬，完全看不出才吃过大败仗。

"果然是中央军，真厉害！"黄飞由衷感叹。

"先生，这是曹仁将军的士兵，我们宿卫虎士战力强他们十倍！可惜咱宿卫军的大营不在这里。侯爷重病在身，只能委屈先生在这里给侯爷治病。待侯爷康复，咱们就回邺城。在那里还有机会见到丞相。"一说起宿卫军阿龙满脸自豪。

"你们宿卫军在军中是不是高人一等？"宣言有些好奇。

"我宿卫军乃是丞相贴身亲兵，个个都是剑客出身，武艺高强，由侯爷亲自挑选、训练，军中皆称为宿卫虎士。宿卫虎士到各军营都带着丞相手谕或者口谕，犹如丞相亲临。故掏出宿卫虎士的令牌，凡校尉以下皆要下跪。"阿龙更显得色。

"那真是太威风了！"宣言难掩羡慕。

阿虎掏出两个宿卫虎士的令牌，分别塞给黄宣二人。

见二人面带迟疑，阿龙随即解释道："军营规矩多，行事多有不便。二位先生是侯爷和我兄弟俩的救命恩人，自是宿卫军的一员。今后拿着令牌会方便许多。"

黄飞摩挲着精致的令牌，却已没有刚到吴国见到周瑜时的激动，甚至觉得有些滑稽：想不到我一个拿手术刀的，有朝一日竟能在三国当上兵，还是最强阵营的高等兵！

而宣言担心的则是女儿身暴露，往轻了说，这个兵当不成了，往重了说，或许像黄飞今日遭遇乱兵时那样，有掉脑袋之虞。

在阿龙阿虎的悉心关照之下，黄宣二人在军营中安顿下来，还有专人伺候。为方便照顾，二人住处和许褚紧挨在一起。

黄宣二人仗着腰间的令牌，享受到从未有过的特殊待遇，简直可以用前呼后拥来形容。在吴国时，虽然结交了孙权、周瑜和吕蒙，乔国老也以豪宅香车相赠，但二人在众人眼里毕竟只是大夫。在此地则不同。所有士兵迎面走来，见到二人腰间有令牌，都会下跪行礼，让二人对"权贵"身份有了感性认识。一开始，遇到士兵下跪，二人都赶紧扶起并连称受不起，士兵却好似受到惊吓，跪着后退并高呼大人饶命。几天下来，二人发现，其实看到士兵下跪后不用扶，只要朝他们点个头，他们就自己起身忙活去了。

生活也发生了全方位的变化。

在食堂进餐，只要黄飞看一眼水果，马上就会有士兵拿起水果，飞快地削皮、切块并毕恭毕敬地端到黄飞面前。

宣言咳嗽一声，必定有人端上各色美酒。一旦宣言推辞，士兵立刻跪地认错，再换上其他饮品或水果。

黄飞在自己的住所哪怕只是想伸个懒腰，立刻就有士兵上前帮忙脱衣服。第一次，黄飞还以为对方要意图不轨，赶紧将双臂交叉在自己胸前，生怕被侵犯。

宣言则聪明得多，进住所之前就明确吩咐："如非本人命令，不许任何人进来打扰。"

但普通人一下子过上衣来伸手饭来张口的日子，甚至一个眼神就能让人跪下，实在有些无福消受。

只要走出住所，就有很多人下跪行礼。黄飞不仅觉得不好意思，甚至认为，他两人的存在已经严重干扰到军营的正常秩序。二人一合计，既然士兵只认腰牌不认人，那就干脆把腰牌藏起来。果然有效，不佩戴腰牌的二人再在军营里走动，终于无人下跪了。做回普通人的感觉真好！

看来，令牌的正确用法是在必要时候亮出来。二位从未拥有过特权的医生，还需要逐渐适应身份的变化。

深夜，黄飞找同样没有睡意的宣言闲谈。

"宣言，你觉得曹营怎么样？"

"这里的士兵训练有素，比东吴正规得多。难怪魏国最后会胜出。如果我们真的回不去了，倒不如留在这里，至少能保证押对宝，不会陷入那些逃难百姓的惨境。"宣言的想法比较务实。

"你觉得他们得救了吗？"黄飞若有所思。

见宣言点头，黄飞继续发问："你觉得他们是因为我们而得救的吗？"

"这……应该是吧。如果不是我们，谁来救他们呢？"

"这是不是说明，我们有机会改变历史？哪怕只改变一点点，也可以少死许多人。"黄飞越来越知道自己想要什么了。

"被你说得头都大了，我可想不出这么高深的问题。"宣言有些烦躁。

"之前我不知道来这里能做什么，觉得自己一无是处，很沮丧。有一天我突然想到，如果我们的努力真的能影响历史的进程，那么为何不留在这里努力呢？在最终会取得胜利的一方，找机会影响曹操，让他少杀点儿人，优待战俘和百姓。这也许就是我们穿越过来的意义？"黄飞的眼睛里闪着光。

这段时间，黄飞陷入抑郁之中，无数次想到吴国那些被吕蒙灭口的人。正是这个为救人而穿越的逻辑，驱散了他头顶上的阴霾——既然是天命，那一定是让他们来救人的，而不是来害人的。

见宣言半信半疑，黄飞觉得应该向她普及一些历史知识："曹操喜欢杀降兵，官渡之战他曾坑杀袁绍七万降卒。他还很喜欢屠城，仅徐州城就有几十万人因此丧命，尸体堵塞河道，导致泗水断流。曹操才干卓绝、雄才伟略，有'魏武挥鞭'的豪迈气概，却被称为'奸雄'，正是因为有杀降和屠城这两个抹不去的污点。而我们，就是被派来改写这段历史的！"

黄飞此言非虚，史料对此有颇多记载：

初平四年，太祖征谦，攻拔十余城，至彭城大战。谦兵败走，死者万数，泗水为之不流。

——《三国志·二公孙陶四张传》

过拔取虑、睢陵、夏丘，皆屠之。凡杀男女数十万人，鸡犬无余。

——《后汉书·刘虞公孙瓒陶谦列传》

太祖击破之，遂攻拔襄贲，所过多有屠戮。

——《三国志·武帝纪》

曹公……乃进攻彭城，多杀人民。

——《三国志·陶谦传注引吴书》

公前屠邺城，海内震骇，各惧不得保其土宇，守其兵众。

——《后汉书·郑孔荀列传》

太祖征三郡乌丸，屠柳城。

——《三国志·二公孙陶四张传》

冬十月，屠彭城，获其相侯谐。

——《三国志·武帝纪》

三国时期特大规模的屠城共计21次，曹魏集团一家独占12次，比例高达近60%。曹操亲自主导的就有8次，其余4次为曹操属下将领参与的。

董卓、孙权的屠城，要么为了劫掠，要么为了泄愤，要么为了单纯取乐，大多是情绪失控状态下的"激情杀人"。而曹操却将屠城上升到战略高度。比如，颁布军令"围而后降者不赦"。按照字面意思，哪怕是二战中的法国，遇上曹军也来不及投降。这样做是为了产生足够的震慑力，让敌军在明明有实力反抗的情况下也只能提前投降，将己方的作战成本降至最低。当面临屠城的厄运时，最无辜的是老百姓，这群战争的局外人，他们对是否抵抗往往毫无发言权，却要承担全部殉命的极端后果。赤壁之战前，刘备曾带着十数万百姓南逃，这些百姓明知拖家带口、背井离乡

的艰辛，也愿意追随刘备，主要原因就是惧怕曹操的屠城。

　　"我们既然能影响阿龙阿虎，就有机会影响许褚，影响曹操。这群难民得救，就是一个启示。"黄飞还在滔滔不绝，宣言却听着听着睡着了。

第十三章

气概

军营物资丰沛、药材充足，在黄宣二人的精心照料下，许褚醒过来了。他下床后的第一件事就是拜谢黄宣二人："老许是个粗人，不会说话。二位先生和丞相一样，是老许的救命恩人。今后老许的命就是二位先生的，赴汤蹈火，在所不辞。"

黄飞赶紧让他继续卧床，毕竟是一个刚刚做过脑外伤手术的重症病人，不能掉以轻心。

许褚报恩心切："先生可有什么需要老许做的？"

黄飞盘算了一下，觉得不宜太早提起曹操，踌躇间想到一桩急事："我是外科医生，现在做手术的家伙全部丢在东吴，不知军中是否有会打造手术器械的能工巧匠？"

"那以前先生的器械是谁打造的？"许褚想确认一下这件事情的难度。

黄飞将自己绘图，乔国老请干将莫邪后人打造手术器械的经历和盘托出。

许褚松了一口气："先生放心，我汉军人才济济，能工巧匠不在少数。再说，一个东吴老儿能干成的事，我汉军岂有不能之理？先生只管绘图，剩下的事情交给我。"

原来，曹操阵营的人都称自己为汉军，以汉室正统自居。

黄飞对许褚夸下的海口没有全信，但还是用几天时间将图绘好。十天未到，许褚竟然让人将整套手术设备赶制出来。

黄宣二人看着新出炉的全套设备，不禁啧啧赞叹。无论是柳叶刀、剪刀，还是开颅手摇钻、吸引器，呈现出的制造水平都在东吴之上。想不到三国时期，中国人的制造水准就达到了这种高度，可以说已经非常接近现代水平。只不过，现代制造采用大规模工业生产，而三国时期的手工制造只能维持较低的产量。

宣言看到其中一个器械时眼睛一亮："想不到你还让许褚打造了腰穿针，上一次可没有它。"

"上次忘记了，这次补上，希望能派上用场。"黄飞笑了笑。

"腰穿针真是个好东西。你们脑外科能够通过腰穿治疗颅内感染，我们麻醉科能够用腰穿针打麻药，进行腰部麻醉……"宣言似乎对这个器械颇为推崇。

既然曹军的制造能力不俗，黄飞又一口气绘出提取酒精的天锅和胃管。许褚拿到设计图后不出半个月，又顺利交活！

一来二去，消毒、手术器械和术后护理装备都逐渐配齐。现在唯独缺少麻药，宣言的麻醉箱也遗落在东吴，麻药大多数是化学合成的，在这个时代如何生产呢？

无论如何，医疗工作都算取得了重大进展，黄宣二人又可以全力救人了。这似乎也注定了，他们很快就要"接单"了。

这日，许褚找到黄宣二人，说曹仁大将军听闻两位神医治好了许褚，想请两位去给他儿子曹泰看看病。

　　曹仁刚打了胜仗，此刻却心急如焚。

　　赤壁之战后，孙刘为了巩固胜利果实，开始反守为攻，大肆抢夺曹操的地盘。南郡的江陵大营首当其冲。周瑜的大军作为主力正面进攻，而刘备则率队从背后包抄。为了帮曹操守好这个北方的门户，曹仁虽腹背受敌，也只能拼死抵抗。

　　打退刘备军队的滋扰后，曹仁与周瑜开始正面交锋，曹仁兵行险着，诈败逃跑将周瑜大军引入城中。周瑜不疑有计，亲自带大军攻入城中，直到看到城墙上不计其数的弓弩手早已严阵以待，才知道中了曹仁的埋伏。被包围的吴军死伤无数，周瑜本人也被流矢所伤。幸好黄盖不顾性命以身挡箭，周瑜才捡回一条命，率残部突围而去。

　　大胜的曹仁却高兴不起来，因为儿子曹泰在这次战斗中被东吴大将甘宁砍伤头部。回营救治后，外伤已有好转，但高烧不退。近几日神志也开始模糊起来，经常出现幻觉，似有将死的迹象。曹仁手下所有的医生都束手无策。

　　曹泰在军营中人称少将军，是曹仁最心爱的长子，被整个家族寄予厚望。正当曹仁悲痛欲绝之际，有谋士进言，可请救治许褚的医生来试试。谋士将黄宣二人的医术吹得神乎其神，说许褚在赤壁之战中头部遭受重伤，幸好吴军中有神医能起死回生，硬是去头削脑，再造了个头颅，将许褚从鬼门关里拉回来。如若平常，曹仁是不会信的——这哪是医生，简直是妖人！但事到如今，死马也得当成活马医，只要有一线希望，当爹的就不能放弃。于是派许褚来请黄宣二人。

许褚对黄宣二人坦陈内情："我是内臣，曹仁是外臣。丞相早有交代，内外臣不应来往过密。此次曹仁向我求助，实属迫不得已。亲儿子重伤难愈，行将就木，偏偏找遍军营无人可医。听说他儿子此次的病情十分凶险，可以说人已经一脚踏进鬼门关，两位先生能治好当然最好，如无力回天也不必有太大压力，老许帮忙推托便是。"

黄飞倒是干脆："治病救人是医生的天职，我必尽力救治少将军。宣言，我们一起去看看吧。"

黄宣二人很快被送到曹泰的帐中。

曹泰躺在床上，发着高烧，嘴里不知在嘟囔什么，像是中邪后的胡言乱语。曹仁唉声叹气，副将跪地抽泣，周遭已是一派人之将死的气氛。

简单行礼之后，黄飞直奔主题："可否让我帮少将军查体。"

曹仁神情木然地点了点头，似乎并不抱太大希望。

黄飞用手托着曹泰的头，扳了扳他的脖子，很僵硬。同时，曹泰的双腿在床上不自觉地屈曲，这是布氏征阳性的表现。

黄飞又用双手托住曹泰的右腿踝关节和膝关节，辅助其做出腿部伸直的动作。曹泰的腿显得很僵直，而且在伸直右腿时左腿也开始屈膝，符合克氏征阳性的症状。

"少将军受伤时可曾被打破头，并且流出脑髓？"黄飞继续问诊。

"是的，伤口我们当时就缝合好了。少将军本来已经渐渐康复，都能下床走路了。可近几日突然发热，开始神志不清。"一直照

料曹仁的医生连忙回答。

黄飞把宣言拉到一旁悄声说道："只有在这个时代，才能看到如此典型的颅内感染。布氏征、克氏征的症状都很典型。而且，病拖得太久了。要不是病人年轻，身体底子好，早一命呜呼了。"

"做腰穿吗？"宣言马上想到新配备了腰穿针。

"当然要做，否则肯定活不下去。"黄飞给出同样的结论。

"两位先生可想到救治之法？"曹仁的语气中难掩急切。

黄飞尽量显得胸有成竹："少将军头部的伤口在缝合时没有注意消毒，导致大量细菌进入大脑。目前颅内被细菌感染，很快就会因败血症发作而危及生命。救治之法是做腰部穿刺，取小针穿入少将军腰间，将感染的脑脊液释放出来，这样做如同切开伤口的脓包。再辅以将灭杀细菌的药物从胃管打入，假以时日，或有痊愈的可能。"

曹仁听得云里雾里："那个脑什么液是什么东西？"

"正常人的大脑在我们体内是泡在水里的，这里说的水就是脑脊液。它在脑与腰髓间循环流动，也有人称其为脑浆或者脑髓液。让少将军发烧的细菌就藏在这脑脊液中，要把它们排出体外，才有好的可能。"黄飞只能耐心向其解释。

曹仁身边的医生立即跳脚大叫："大将军，这是哪里来的巫医，简直离经叛道。吸取少将军脑髓，这还不要了少将军的命？只有妖人才会吸人脑髓。大将军切勿听其蛊惑！"

有人抛出了阴谋论。

"这许褚安的什么心？派两个妖人来治少将军，这分明是谋杀。当年在邺城，大将军向许褚求援，许褚拒不接见。从那时起我就知道他对大将军没安好心。"副将说罢怒气未消，直接拔刀请令："大将军，让我先把这两个妖人结果了，给许褚一点儿颜色看看！"

"住手！"曹仁大喝一声，"做事还是这般毛毛糙糙！"

副将赶紧收刀，直勾勾盯着曹仁，不知大将军意欲何为。此时曹仁也举棋不定，不知是进是退。

现场如死一般寂静。

曹仁终于开口了："先生可否将穿刺之针拿给我看看？"

黄飞拿出腰穿针。它的形状类似于一根细长的套针，由针套和针芯组成，用精铁打造。长度大约15厘米，直径约1～2毫米。腰穿针的一端是尖锐的，用于刺入腰椎间隙，另一端则连接着针芯的尾部。穿刺成功后，拔出针芯，腰穿针仅剩下针套，即变成中空结构，患者的脑脊液可由腰穿针的针套引流出体外。

曹仁反复摩挲着腰穿针："这像是小儿的玩具，能用来治病？"

副将见大将军也在质疑，立即出言相讥："我就知道下九流的医生没有什么本事，竟然拿着小孩的玩具来糊弄人！"

黄飞自然不服："这针虽小，但并非玩具。它今日或许就可以为大将军排忧解难。"

"像你这样年纪轻轻的医生，能排什么忧，解什么难？"副将变本加厉，"弄虚作假、骗人钱财的倒是有不少！哪比得上我等战将，金戈铁马，攻城略池，那才是实打实地为主公分忧，才是男儿应有的气概！"

"那不过是杀人罢了，有本事去救人啊！"黄飞也被激怒了，"在我看来，以娇耳之良方在长沙治疗冻耳之疾，拯救百姓于疫情之水火，才是医生的气概。"

副将突然从腰间拔出刀架在一个医生的脖子上，那医生被吓得魂飞魄散，跪在地上一个劲儿地大喊"饶命"。

"看到了吧，这就是你说的医生的气概！"副将大声讥笑。

"秀才遇见兵，有理说不清。"宣言赌气地拽着黄飞的衣服向外走，"走吧，咱不治了！"

"果然没本事，想逃跑了！"副将愈发得意，"两个妖人，你们以为能跑得了吗？"

"罢了，不许再吵！"曹仁见场面失控赶紧喝止副将，然后望向黄飞，"先生不要见怪，都是些带兵打仗的粗人。先生可曾上战场厮杀过？"

"杀人不是医生该干的事，救人才是医生的本分。"黄飞正色作答。

"如有机会，先生可目睹我等汉军如何上战场厮杀。马革裹尸，无惧生死，才是真正的英雄气概。犬子的最后一口气，如若是被这小儿玩具糊弄掉的，恐怕会成为三军笑柄。罢了，不必多言。"曹仁似乎已有决断。

罢了？眼睁睁看着自己儿子死在当场？尽最大可能挽救病人生命是医生的天职，黄飞无法接受曹仁的决定。

宣言也在心里嘀咕：赤壁之战硝烟未散，刚刚被打得狼狈不堪，现在却又说得如此慷慨激昂。这个大将军的脸皮真厚。

正在僵持，一个将军模样的人冲入帐中，满脸喜色地叫道："禀报大将军，周瑜死了！"

宣言突然听到周瑜的死讯，来不及掩饰，泪水已夺眶而出。黄飞见状赶紧小声安慰："放心，周瑜死不了。他就算要死，也不是现在。"

这一打岔，让黄飞得以有片刻思索，猛地计上心来。

进帐的将军继续汇报："探子来报，现在周瑜营中挂孝举哀，乱作一团，程普正在为周瑜料理后事。有几个东吴士兵前来投降，说程普办丧期间心情不好，经常借故鞭打他们，甚至威胁要杀掉他们给都督陪葬。有士兵走投无路前来投营，也印证了探子提供的消息无误。"

黄飞借机插话："大将军小心，周瑜未死，可能是使诈。"

一直看黄飞不顺眼的副将当即大骂："一个下九流的医生，竟敢妄议军国大事！"

宣言记得穿越后也曾被人这样骂过。原来在这个时代，医生真是下九流，实在可悲。

这副将如此激动原来事出有因："大将军，周瑜被我毒箭射中，军中多人目睹。前日我等在周瑜营前叫骂，周瑜气得坠马，吐血昏迷，也是千真万确的。今日殒命，合情合理。这妖人竟说周瑜诈死，一定是东吴派来的奸细，意在扰我军心。"

黄飞不以为忤："我虽不懂军国大事，但研究医术命理，周瑜此时气数未尽，还死不了。将军若不信，可亲往一探究竟。"

黄飞这是在现学现卖诸葛亮借东风时的装神弄鬼。时人不信科学只信鬼神。既然和他们谈科学毫无意义，借鬼神之名服众也是没办法的办法。

"众将以为如何？"曹仁询问属下的意见。

众将皆似凶神恶煞，纷纷一口咬定周瑜必死无疑，黄飞妖言惑众，让曹仁下令将黄宣二人就地正法。

那位副将更是立功心切："妖人，待我亲自去东吴军营替大将军取回周瑜尸首，到时必砍你狗头！"

黄飞轻蔑一笑："那我就和将军赌一赌项上人头。将军若愿赌服输，在下才能真正佩服将军的英雄气概。"

黄飞自有盘算：《三国志》、《三国演义》、三国游戏，我都熟稔于心。哪里提到周瑜死在曹仁手上？曹仁若杀了周瑜，那名气早就在五虎将之上了。

当然，黄飞对历史偶然发生改变也并非毫不担心，但气氛已经烘托到这里了，也只能硬着头皮撑下去。

"众将听令，今夜袭营，取周瑜尸首献与丞相！"曹仁对黄宣二人还算客气，"就请两位先生在营中歇息，静候我等消息吧。"

再遭软禁，宣言在心中暗骂：黄飞，你出的这是什么馊主意！

第十四章

脑髓

第二天清晨。曹仁带着满身烟灰大败而归。他支开左右，向黄宣二人深深鞠躬："后悔不听先生指点，中了周瑜小儿奸计。"

黄飞赶紧上前相扶："大将军使不得，我等乃下九流之人，不能受此大礼。"

曹仁长叹一声，竟打了自己一个嘴巴："我等怠慢先生，望先生恕罪。"

黄宣二人这才得以获悉事情原委。曹仁带大军袭营，却发现东吴军营留守士兵甚少。周瑜的尸首倒是尚在帐中。副将心急，进帐直奔周瑜尸首。不料尸首瞬间爆炸，副将当场身亡。曹仁立即明白自己中计了。这时东吴的军队从四面八方杀过来。曹仁的大军首尾不能相顾，被杀得溃不成军。最后，只剩曹仁带着寥寥数人逃了出去。

"幸好记得先生的忠告，仁留了个心眼，没有亲自进去取尸首，要不绝无生还之理。先生莫非神人也？否则，如何做到料事如神呢？"

黄飞故弄玄虚："天机不可泄露。我透露周瑜未死之事已是泄露天机，折了阳寿，可惜大将军不听。如今我再度以身犯险，将机密说与你一人听。少将军可行腰穿，只要放出毒水就有救活的可能。你做是不做？"

曹仁岂敢不信："全听先生的，求先生救我儿性命！"

宣言在旁暗笑，想不到沉迷三国游戏的"宅男"也有发光发热的一天。

装神弄鬼完毕，恢复医生身份的黄飞立即投入工作："小宣，那我们先放胃管，再做腰穿。"

宣言很快帮曹泰放置好了胃管。

黄飞命人摆好曹泰的体位，让曹泰侧卧于床上，膝盖顶着胸口，以便充分打开腰椎关节。接着用酒精消毒。

曹仁从未见过此等情形，直到闻着酒精的奇怪味道时忍不住赞叹："此物味道似酒又不是酒，竟能有回天之功效。神医果然名不虚传。"

黄飞拿起腰穿针，在曹泰的腰间缓慢进针，心中生出几分忧虑："手术不会做不出来吧？我可有十几年不穿了。想当年穿不出来的腰穿手术都要叫我来帮忙。现在都让给小兄弟们做了。"

这时，外面突然传来一片杀声，一个军士慌张地进帐禀报："大将军，周瑜带人袭营，我军粮草被烧，少将军的药房也毁于一旦！"

大事不妙，曹仁顿觉五雷轰顶。

"草药都没有了，那怎么治疗感染，就算腰穿成功，治疗效果也要大打折扣。"黄飞也听到了这个急报，不禁走了一下神。

然而，差之毫厘，谬以千里，做腰穿最忌分心。

进针被骨头抵住了，黄飞拔出针芯，没有脑脊液滴出来。

"糟糕，穿偏了，果然手生了。"但要是针穿不进去，曹泰就活不了，该如何收场？曹仁可能立即翻脸，把两人拉出去砍了。或者，只要不管两人死活，任东吴的兵杀进来，两人也凶多吉少。

黄飞想想后果，额头汗水涔涔。

宣言马上反应过来，拿起白布给黄飞擦汗："这帐中不通风，甚是闷热。"

黄飞知道这是在给自己解围，感激地看了宣言一眼。而宣言回之以肯定地点了点头，神情中传递着鼓励。

黄飞瞬间感受到温暖和力量：哪有进不去的腰穿，只有不自信和甘愿放弃的外科医生。再来！

曹仁突然凑了过来："情况紧急，先生请先随我们撤退。"

眼前是尚未完成的腰穿，黄飞让自己平静下来："手术做到一半怎能撤退？要走你们走，病人不能没有我。"

曹仁深受感动，顿时眼含热泪："先生气概，仁已折服。先生既不畏死，我汉军必不惧生死保卫先生。众将听令，随我一起杀退周瑜小儿！"

曹仁说罢拔刀振臂，带着将士冲出营门，曹军齐声大喊："保护先生！保卫少将军！"

帐外，是烽火、硝烟和厮杀的战场！

帐内，是黄飞和宣言两人特殊的战场！

调整位置，重新开始。

黄飞继续缓缓进针。突然，明显有突破感从手中的腰穿针传来。而这正是突破硬脊膜的标志，穿中了！黄飞拔出针芯，浑浊的脑脊液一滴一滴地落下。

手术成功！黄飞通过针芯控制着脑脊液滴出的速度。大概半个时辰过去了，黄飞觉得脑脊液释放出来的量已经足够，便拔出了腰穿针。

在紧张的手术过程中，帐外的喊杀声不知不觉停止了。帐内的人都不知道战况如何，究竟谁胜谁负。

黄飞和宣言走出营帐，空气中弥漫着血腥气，这是杀戮的味道。周围所有的帐篷都已被战火损毁，唯独"手术室"安然无恙。

曹仁带着士兵从硝烟中走出来，满脸血污，却难掩喜色。二人知道，来袭的周瑜被打退了。

曹仁向黄宣二人深鞠一躬："先生，今日得见医者气概，仁为之折服。"

黄飞坦言相告："其实我二人心中不无忧惧，但只要想到有将军在帐外保护，心神就能镇定下来。"

黄飞回到帐中，将方才收集起来的浑浊的脑脊液盛在小碗里，拿给曹仁看："这就是让少将军发热的细菌。将其排出体外，少将军就有活命的机会。"

曹仁不敢相信这是从儿子体内吸取的脑髓，而且儿子不仅没有死，看上去病情还有所好转，不禁连连称奇。

"用腰穿针排出脑脊液每次需要小半个时辰，每日至少排两次。再服用我们的解毒药物，假以时日，少将军有望痊愈。"黄飞也不敢把话说死。

当天夜里，曹泰的烧就退去了一大半。曹仁命人按照黄宣二人的药方四处寻找具有抗生素效用的草药，这对实力雄厚的曹军来说根本不在话下。

三日之后，曹泰不仅体温已经完全回归正常，也可以自己进食了。五日之后，曹泰已能下床活动，伸展自如。七日之后，曹泰完全康复，自我感觉良好到竟然向父亲请命要骑马打仗。

两位医生在曹营名声大振。但与在吴国不同的是，二人不仅被称为神医，还被称为"神人"，因为曹营盛传二人有通晓天地之术。

宣言打趣黄飞："你倒是向诸葛亮偷了不少师，现代的医生到三国变成神人了。"

而黄飞心中有数：这次的神奇表现，与曹泰身为武将底子好有莫大关系，普通人不可能康复得这么快。

但曹仁在军事上的败退依然难以避免。大军且战且退，最后撤出江陵，逃往邺城。

而南郡，后来辗转被刘备所夺。

黄宣二人随着大军来到邺城。这是三国时期的超级大都市，雄伟壮丽，气势恢宏，非吴郡可比。

在曹操的规划下，邺城在布局上呈现出左右对称、整齐划一的特征。城区分为南北两部分，中间有主干道隔开。宫殿区在中央，主宫殿位于中轴线上。东部，为贵族聚居区。南部，为普通居民区。宫殿飞阁流丹、朱薨碧瓦，十足的皇家风范。在邺城的漳水之上矗立着铜雀、金凤、冰井三台。特别是铜雀台，位于三台的中间，有十丈之高，与南北的金凤、冰台相隔各六十步，中间有浮桥连接。铜雀台的殿宇有一百多间，台上装饰极尽奢华，尽显皇家威仪。

黄飞置身其间，不禁赞叹：这是三国时代最华丽的地方了吧！难怪建安七子的风骨会在这里形成。

回到邺城后，许褚就将黄宣二人安置在自己府中，当作上宾款待。二人实在推脱不掉，只能听任许褚安排。许褚还再三嘱咐二人，不要称其为"侯爷"，一定要叫他"老许"。

曹仁也邀请二人到府中居住，被黄宣二人以照顾许褚为由委婉谢绝了。

宣言发现，许褚和曹仁都住在东部的贵族区。二人府邸的奢华程度更胜东吴乔国老一筹。许褚每日都要接待前来看望的各方官员，与他们饮酒作乐。现场觥筹交错、舞姬助兴，极尽奢靡。然而，南部的平民区却没有东吴的大多地方富裕，很多房舍甚至比娄县婉盈家显得更加局促和清贫。两极分化之大，让宣言真正体会到了"朱门酒肉臭，路有冻死骨"的深刻含义。

许褚每日过着奢华的生活，却并不开心，总是长吁短叹，或凝望着西边发呆。

"老许，你为什么老是看着西边？"黄飞实在忍不住问了出口。

"那是潼关的方向。西凉韩遂、马超是丞相心腹大患，总有一天我汉军会踏平那里，擒马超，杀韩遂。"许褚的脸上写满憧憬，"不知道能不能陪着丞相一起去。"

许褚的身体虽已无大碍，却只有半个脑袋。一半的颅骨还藏在肚子里，需要二次手术才能将完整的颅骨修补好。半个脑袋的许褚纵使武艺高强，眼下也决然上不了战场。

"老许是习武之人，以战死沙场为荣，不能就这样老死在家里。况且，身为宿卫虎士，若一直没有机会陪着丞相上阵杀敌，兄弟们就没有饭吃了。"许褚这才绕回正题，"恳请二位先生为我再做手术，将颅骨装上，让我可以早日重归沙场。"

武将不能骑马打仗这种壮志难酬的滋味，黄宣二人非常理解。初到三国之时，因为缺少必要的器械和药物，无法救治病人，二人又是何等惆怅。

宣言也不藏着掖着："老许，我们也想早点儿开刀。可是卡在这麻药上。现在手头确实没有麻药，贸然开刀你会痛死的。"

黄飞担心许褚没听明白："老许，这手术先要将你的肚皮划开，取出其中颅骨。然后将你的头皮翻开，将颅骨装上，再将头皮翻回，最后还要缝合好。整个过程耗时长且疼痛剧烈，若没有麻药，神仙都挨不过。"

许褚挨刀心切："先生可有麻药方子，老许派人抓药或者采药都行。"

宣言心里话说：我的麻药都是中华医院向专业的制药厂采购的，其复杂的制造工艺在三国是无法复刻的。

黄飞说得尽量浅显："宣大夫的麻药方子颇为复杂，就算采到草药，目前的条件也提取不出来。"

许褚锲而不舍："即使邺城不行，老许遍访天下善用麻药的名医，把人请来与两位先生合作，难道也不行吗？"

这句话一下子点醒了宣言。在这个时代，谁是最擅长麻药的医生？华佗！如果能找到华佗，从他那里求得麻沸散，圆许褚的"大头"梦就有希望了。

"老许，能否帮我们找到华佗大夫。他会使一种麻药，叫麻沸散。如果有他相助，你的手术就能做了。"宣言立刻眉眼带笑。

"是的，我们能找到张仲景，就一定能找到华佗。"黄飞几乎同时想到这位历史上赫赫有名的三国神医。

许褚捋了捋胡子："二位先生，张仲景我倒是听说过，这个华佗我可从来没有听说过啊。"

"华佗应该已经是个花白头发的老人家了。他虽然是经验丰富、精通麻醉的外科大夫，但一直没有为官，仅在民间行医。和张仲景不一样，所以老许没有听说过也不稀奇。老许能否派人四处打听华佗大夫的行迹。一有消息请立即告知，我二人必须亲自把他老人家请过来。"黄飞根据记忆推算出了华佗现在的年纪。

"就按先生的意思来，老许这就派人去寻访这位高人。"许褚一下子来了精神，"我宿卫虎士有着遍布天下的人脉网络，结交了各方的江湖游侠，因此也是丞相手下的第一情报机关。找个人应该不难。"

许褚没有吹牛。宿卫虎士确实不负盛名，很快就按照黄飞的描述找到了华佗，并将其活动范围锁定在邺城南区附近。

华佗找到了！见到传说中的神医华佗，将是怎样的场景？黄宣二人兴奋不已，整装待发。

第十五章

华佗

　　华佗是中医外科学鼻祖，也是中医器官移植之父，被称为外科圣手。其手术著作、所发明的麻沸散和关于器官移植的《青囊书》均已失传。若是能亲眼见到华佗出神入化的手术技艺，得到麻药和器官移植的真传，对一名医生来说，当然是莫大的造化和荣耀。

　　"明天就可以见到华佗了。真希望他和张仲景一样，是一个和我们聊得来的人。"黄飞激动得一夜无眠。

　　第二天天刚蒙蒙亮，黄宣二人就踏上了拜访华佗的行程。许褚担心二人的安全，派阿龙阿虎作保镖随行。

　　邺城南区是贫民区，与贵族区有天壤之别。房屋老旧而逼仄，大多数都是低矮的茅草房。冬天一到，凛冽的寒风吹进来，室内如冰窖一样。街市上的行人不多，个个目光呆滞、满脸疲惫、步履沉重，仿佛身上压着永远做不完的活和永远还不上的债。孩子们穿着破旧的衣服，赤脚在街上奔跑嬉戏。他们的脸上布满了灰尘和污垢，但笑声却如同天籁般纯真，将无尽的贫困和苦难暂时掩盖。老人们坐在门口晒太阳，眼神中透露出无奈和哀伤，仿佛在向经过的人诉说：曾经的梦想和希望，如今都已被现实击碎，剩下的只有对生活的无奈和对命运的顺从。

从东吴到曹魏，黄宣二人见过太多底层百姓的苦难，正如元代张养浩的名句：兴，百姓苦；亡，百姓苦。

情报准确，四人在破旧的小巷里找到了华佗。

一身干净的布衣，满头白发，目光却炯炯有神，这是一个鹤发童颜的老人。他独坐在桌前，桌旁竖着两面旗帜，一面写着"华佗行医"，另一面写着"药到病除"。

黄飞由衷钦佩：老先生医术高超，却甘愿在贫民区给穷人们看病，真是我等医生之楷模。

阿龙阿虎对华佗的仙风道骨浑然不觉。两人对视一眼，传递着对这个布衣老者的失望：千里迢迢，兴师动众，就为了这么个貌不惊人的老头？他能有治好侯爷的神药？

阿龙上来就粗声粗气："你就是华佗？"

华佗指了指身旁的旗帜："如假包换。"

黄飞唯恐二人继续失礼，赶紧上前作揖："晚辈失礼了。我和宣大夫特来拜见华佗先生，请先生指教。"

黄飞听得出自己的声音竟有些颤抖。

"你们是来看病的？"华佗上下打量着眼前这几个人。

"我们是来学习的。得知先生医术高超，想拜先生为师。"黄飞又深鞠一躬。

"这……"华佗摸着花白胡子，显得有些为难。

宣言道："冒昧来访，还请见谅。看上去先生似乎心存顾虑，想必是对学艺之人有严格要求。请直言相告，我们看看自己够不够格。"

华佗下意识地揪了揪胡子，很艰难地吐出一句话来："学艺，总得交点儿学费。"

这个答案大出黄宣二人所料，想象中的华佗德高望重，怎会如此接地气？

黄飞转念一想：君子爱财取之有道。名师也一样要养家糊口，大圣人孔子不也有收肉条当学费的"事迹"嘛。

黄飞毕恭毕敬地作了一揖："我等愿交学费。只是临时拜访，所带不多，不知够不够先生所需。"

"这太多嘛，肯定不会，但太少了也不大行。"华佗见黄飞衣着华丽，狠下心来，"我看你骨骼惊奇，是个学医的好材料，给你便宜一点儿，可一锭金子总是要的。"

真是狮子开大口，一锭金子可以买半套小房子了。宣言心生疑窦，拉了拉黄飞的衣服："消息到底靠不靠谱？我怎么觉得这老头像个骗人的江湖游医。"

黄飞担心华佗听见，凑近低语："官方情报，不会有错。就是他。人家这是在考验我们。"

阿虎见黄飞坚持，爽快地掏出四锭金子交给华佗："够了吧？两位先生专心学习，我俩是习武之人，只能在旁陪读。"

"够了，够了。"华佗验完金子真伪后顿时喜笑颜开，"这只是入门费。如若学习情况良好，升至进阶阶段，还需重新交学费。"

"不知先生打算先教我们什么？"黄飞权当华佗还在继续考验他们。

此时恰好有一个男子来看病，华佗顺势而为："你们就先跟着我诊病吧。"

华佗快速看过舌苔，又搭了下脉，就给出了诊断结果和治疗方案："脾胃虚寒，当针刺足三里，用泻下之药。"

华佗从破旧的针盒里取出针，没有对针和皮肤进行任何消毒，就颤巍巍地对准患者的左踝关节内侧下了针。

宣言受过张仲景的亲传，看着华佗的手法实在不像样，忍不住提醒："先生，这不是足三里穴，这是三阴交穴。"

黄飞赶紧摸了摸病人的脉搏："先生，脉搏跳得很快。病人眼窝凹陷，皮肤干瘪，已经有轻度脱水的迹象。此时再用泻下药物，恐有性命之危。"

阿龙反应迅速，已经把刀架在华佗脖子上："我看你就是行骗的假华佗，还不从实招来！"

这个华佗立时跪下："大人饶命，小的确实不是华佗。"

黄飞这才想到，曹仁的副将曾说过，医生弄虚作假、骗人钱财的倒是有不少。张仲景对此也愤愤不平：许多大夫偏离了仁心，一些庸医更是在疫情四起时趁火打劫……

看来副将对医生存有偏见，的确事出有因。

宣言气得大叫"还钱"。

"钱我肯定还。但冒名华佗不止我一人这样干，大家都是被生活所迫。众罪非罪，还请大人们宽恕。"在四人的审问下，假华佗终于招了。

他本名华小二，是沛国谯人。所在村庄有些特殊，全村村民都姓华，大都靠四处行医为生。十年前村里出了一个名医，名叫华佗。他治好了许多贫民的病，名声大振。村里又连遭天灾，村民活不下去，只能靠着土方、医书四处行医，打着华佗的名号养家糊口。邺城只是这些谯人游医的一个执业点。

华小二带着四人去探访村民在邺城贫民区的据点，果然在那里聚齐了打着各色旗帜的华佗分him：邺城华佗、益州华佗、中华华佗、华佗本佗等，这些"华佗"甚至经常聚集在一起聊天、吃饭。

黄宣二人考察了每一个"华佗"，结果都大失所望，全是只有三脚猫功夫的村民。在他们之中，华小二居然是水平最高、名气最响的一个，所以被情报机构的"大数据"筛选出来了。

这个真相令人太绝望了。

"都是同村的，你也不知道真正的华佗在哪里吗？"黄飞问华小二。

"真神医出去后，这十年就再也没回来过。而且他年事已高，恐怕早已……"华小二看着眼睛要冒火的黄飞，没敢往下说。

"怎么可能？他还没被曹……"黄飞赶紧打住，发现阿龙阿虎没有察觉到自己失言。

华小二又带来一个坏消息："先生，真神医名气太响了。实不相瞒，现如今华佗已经不是一个人的名字，而是民间神医的代名词。一如扁鹊，到底本名为何已无可考证。若想寻到真正的华佗，实在是太难了。"

这怎么可能？《三国志》记载得清清楚楚，而且所有的演义中都有他的故事。为什么现在却找不到人呢？

四人乘兴而来，败兴而归。

许褚、黄飞、宣言三人在许府大厅里对坐着发呆。

黄飞打破沉默："不能这样耗下去，老许的手术拖不得，麻药的问题必须尽快想到办法解决。既然短期内不可能找到华佗，我们只能靠自己了。"

许褚问道："先生，到底什么是麻药？它为啥会让我不疼？"

宣言擅长深入浅出："就是使人昏睡的药物。你用了以后会昏睡过去，以为自己在睡觉，自然就不疼了。等你醒来的时候，手术已经做完。"

许褚有些惊讶："这不是蒙汗药吗？"

"对对对，就是这种类型的药。"宣言不禁莞尔。

许褚面露喜色："这个老许拿手啊！当年我年轻不懂事，在谯县做过强盗，没少用这个药。我把当年捣鼓蒙汗药的兄弟找来，一起和先生研究可好？"

"那太好了，说不定我们可以研发出新的麻药！"宣言眼睛一亮。

"说到昏睡，老许酒醉后也睡得像头死猪一样，那酒是不是麻药？要不我先喝个大醉，然后开刀如何？"许褚的奇思妙想一个接一个。

"当然！华佗的麻沸散就是酒加上其他不知名的药物一起提炼而成的。"黄飞也兴奋起来，"宣言，我们有天锅，可以提纯酒精，或许真的有条件基于蒙汗药的配方发明自己的麻沸散！"

是的，行医不能等靠要，凡事都要靠自己。

许褚立即行动起来，很快找来当年一起下蒙汗药的兄弟，还请了当世几个精于药物研究的名医，一起研制麻药。

宣言问及配方，得知蒙汗药竟是曼陀罗花晒干之后的粉末。宣言信心大增，华佗的麻沸散据传就是以曼陀罗和酒为主要成分。说不定调整剂量，真的可以发明新的麻沸散。

于是两个医学博士利用自己所学的现代实验的方法，在许褚搭建的临时实验室里和众人一起开展了定量研究。从体外实验到体内实验，从喂老鼠、喂兔子到喂猴子。有幸参与的曹军始终不解，为何两位先生需要这么多不同的动物。

两人在三个月的时间里始终泡在实验室里，需要什么资源就开口向许褚要。许褚真是应有尽有，对各种资源都能无限量供应。于是，宣言得以在曼陀罗花的基础上，加入酒精，再与生草乌、全当归、香白芷、川芎、炒南星等药物搭配，反复进行实验。

终于，在三个多月后，比较稳定的全身麻醉药物被提炼了出来。黄飞将其命名为"麻沸一号"，宣言对这个名字不满意。

黄飞提议："要不就叫宣氏麻沸散吧。"

"这我哪能承受得起，就叫麻沸一号。咱们以后还能通过对其改良研制出二号、三号……"宣言一时也想不到更好的名字。

但"麻沸一号"的麻醉效果尚无法令宣言满意。宣言想到了张仲景所传的针灸功夫，经反复试验后发明出针刺麻醉。在针对猴子的实验中，"麻沸一号"辅以针刺麻醉，达到了现代医学中全身麻醉的同等效果，并且猴子在用药后苏醒良好，可见这个方案非常安全。

两人终于可以前往宿卫军营，向许褚宣告麻药已经发明。许褚大喜过望："那两位先生就赶紧给老许做手术吧！"

"仅仅做过动物实验，还没有做过人体实验，直接用在手术里会不会太快了。"宣言不敢拿许褚冒险。

"何不马上找个人试一试？"阿龙提议。

"那要有人愿意才行。"宣言当然也想尽快做人体实验。

"老子愿意，为啥不让我来？"许褚觉得宣言太啰唆了。

"侯爷万金之躯，全军上下都指望着您。若是真有风险，兄弟们可怎么活下去？"还是阿龙明事理。

这时恰好有人来禀报，训练时一个士兵被射中大腿，军中医生正在诊治。

"就是他了，快带我们去。"阿龙深知机不可失。

中箭的士兵伤得不轻，右大腿血流如注，正疼得哇哇大叫。几位医生正在把他的右腿置入两个铁环之中，再用绳索绑紧，马上就要拔箭。

"为何要如此处置？"黄飞有些不解。

"拔箭头非常疼痛，怕他乱动，故用此法固定。"一位医生答道。

在古代，由于一直没有麻药，医生很难开展复杂的手术治疗，只能用一些笨办法。这阻碍了外科手术在古代的发展，也说明麻沸散的发明在那个时代确实是广大患者的福音。

"无须如此。先生有神药，喝了以后拔箭伤者就不会再有疼痛感。速将大腿解绑。"阿龙赶紧制止医生们拔箭。

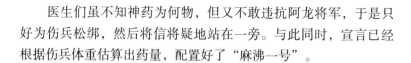

医生们虽不知神药为何物，但又不敢违抗阿龙将军，于是只好为伤兵松绑，然后将信将疑地站在一旁。与此同时，宣言已经根据伤兵体重估算出药量，配置好了"麻沸一号"。

"先生，这是何药，喝了真的就不会疼痛了？"伤兵欣喜之余仍有几分担忧。

"这是麻药，喝了你就昏睡过去了，感觉不到疼痛。"宣言看上去信心十足。

"我不会一直昏迷过去吧？"伤兵还是放心不下。

"这……"宣言不想撒谎，"不敢保证百分之百可靠，但已经在猴子身上试过很多次，没出现过问题。"

"猴岂能和人比，有没有人吃过此药？"伤兵慌作一团。

"确实还没有。"医生果然不会骗人。

伤兵听罢忍痛起身，仿佛箭伤已自动消失，然后跪倒在许褚面前："侯爷饶了我吧。快把我的大腿绑起来，我想请原来的医生给我拔箭。家中还有老娘等我侍奉……"

许褚见手下士兵如此胆怯，早已怒不可遏："你要是喝药死了，我便自尽在你老娘面前！"

伤兵见势不妙赶紧改口："侯爷身份尊贵，切莫动怒，我喝，我马上喝……"

端起"麻沸一号"一饮而尽的士兵很快就睡着了。宣言则开始在其受伤的大腿上追加针刺麻醉。完成麻醉后，黄飞不敢耽误，立即在其他医生的配合下解剖、分离，很快就将大腿上的箭拔出，并完成了伤口缝合。

整个过程伤兵都在呼呼大睡，完全没有乱动，可以说是任人摆布，始终未曾因疼痛而醒来过。

手术已顺利完成，可是伤兵能醒过来吗？对于麻醉科医生来说，麻倒一个人不易，但让一个人醒过来更难。

伤兵还在沉睡中，或者说还在昏迷中，事态如何发展，完全无法预料。

"可能是麻得太深了。我估计还要半个时辰才能醒转。"宣言强作镇定，"可以追加一点针刺促醒。"

宣言专心施针，众人都屏住呼吸静观其效。这个沉睡的伤兵，此时此刻，仿佛和关内侯一样令人瞩目。

半个时辰后，伤兵开始睁眼，但意识仍有些模糊。宣言试着拍打他的肩膀："喂，快醒来！你叫什么名字？"

"小……岳……岳……"伤兵恍恍惚惚地应答着。

"大功告成！"阿龙第一个叫道，欢呼声顿时响彻军营。

黄飞望着宣言微笑不语，用眼神和她分享成功的喜悦。虽然人潮涌动，但同样是医生的他，最懂她。

"先生真乃神人也。依我看来，就是你们说的华佗来了，也不过如此。"许褚高兴得合不拢嘴，"老许再也不用顶着半个脑袋了，我宿卫军要重振雄风。"

有了"麻沸一号"，许褚的手术非常顺利。不仅头骨复归原位，而且苏醒良好。两日后下床，两周后拆线，许褚已无任何异样的感觉，看上去已彻底恢复如初。

手术后一个月，许褚征得黄飞允许后开始活动筋骨，之后不断增加运动量，时刻做好重新上战场的准备。

两年后（建安十六年，公元211年）曹操征讨韩遂、马超于潼关，史称渭南之战。许褚作为保镖贴身同行。在一次战斗中，曹军需渡河行军。行至河边，曹操让大军先行，自己和许褚及虎士百余人断后。正值此时，马超率步骑万余前来劫杀，一时间箭矢如雨、险象环生。

许褚催促曹操尽快撤离："贼兵众多，大部队已先行过河，请丞相速离险境。"

见马超势不可当，背水的曹军无心抵抗，争相跟着曹操上船。船不堪重负，随时有倾覆的危险。许褚见形势紧急，当机立断，先是奋力斩杀攀船者，而后左手举着马鞍为曹操挡箭，右手推着船渡河。在许褚的舍命护卫之下，曹操这次才得以死里逃生。

见久攻不下，曹操决定与韩遂、马超约谈。谈判当日，曹操颇有气魄，仅带许褚一人，左右皆不随行。马超本想暗中偷袭曹操，但素闻许褚大名，心生畏惧。他见曹操的随从孔武有力、气度不凡，便怀疑此人即是许褚。

许褚在军中素有"虎痴"之称，因其力大如虎且痴迷于战斗。马超有意试探："敢问曹公，虎侯今安在？"

曹操淡定地指了指许褚。许褚怒目视之，纵是向来自负武力过人的马超，也大受震慑，终究不敢轻举妄动。

数日后，曹军击败马超大军。交战中许褚勇冠三军，亲自斩杀敌军将领。此次出征，许褚在护卫和作战中屡立战功，受封武卫中郎将。经与马超一战，"虎痴"的名号广为流传，很多人以为这就是许褚的本名。

渭南大捷，曹军凯旋。曹操决定在邺城大宴功臣。

这次战争，黄宣二人并未随行，而是一直留在邺城。黄飞听闻曹操要宴请许褚、曹仁诸位将领，也知道许褚立了头功，便拜托许褚带自己和宣言一起赴宴，同时嘱咐曹仁择机在曹操面前美言。

对于黄飞来说，这是接近曹操唯一的机会。

第十六章

曹操

曹仁和许褚都是讲义气之人，对于黄飞的嘱托，均表示一定尽力而为。只是二人并没有读懂黄飞的真实用意，以为黄宣二人只是想攀附权贵、升官发财。曹仁更是直接向曹操奏报黄宣二人治好曹泰、许褚的事迹，希望曹操能给二人一官半职。

然而世事难料，曹、许两人的奏报和引荐竟然被曹操以"不合礼法"为由——拒绝。宴会不能参加，提拔更不可能。求见曹操被拒的消息传来，黄宣二人非常沮丧。无法接近曹操，施加影响让曹操放弃屠城更无从谈起。

事实上也并不是全无进展，曹操就此记住了这两个医生。只是他生性多疑，不喜按照别人写好的剧本行事，有自己独特的思考和节奏。

宴会结束三日后，许府接到曹操口谕，传黄宣二人进殿看诊。

本来是件让人高兴的事，可是许褚竟然愁容满面。因为，他太了解自己"老板"的为人了。

许褚向黄宣二人简要描述了事情的来龙去脉。三日前的宴会上，众人正在纵情饮酒享乐，曹操头痛旧疾突然发作，剧烈到伴有呕吐。宫中太医立刻赶来诊治，但效果甚微。曹仁趁着酒兴再度进言，建议请黄宣二人来试试。为说服曹操，许褚更是直接露出自己头上的伤口。但曹操当场拒绝，让二人颜面扫地。宴会也因东主头痛而被迫提前结束。哪知三天后，曹操杀了个回马枪，突然传唤黄宣二人。许褚也不知何故，总觉得这绝非好事。

"大概是因为这几天头痛治疗效果不好，想换个医生。"宣言猜得也不无道理。

"丞相只传二位先生，并未传我。可见丞相对二位还不信任，不想我在场有意回护。面见丞相时切记谨言慎行。当年丞相横槊赋诗，只因刺史刘馥坦言此歌不祥，惹得丞相大怒，乘醉用槊将他刺死。如是进寝宫，更要格外留意，丞相近来会梦中杀人，利剑就悬在他的床头。此次晋见，丞相一定会反复试探，我和曹仁若在还能帮忙说话，可是……总之，二位先生一定要小心！"许褚反复叮咛。

"这么危险？要不然就不去了吧。"黄飞随口打趣道。但他心中另有盘算：疑心病也是病，在现代属于焦虑症的一种，估计曹操的脑瘤已经大到压迫脑组织，引发了精神失常的症状。

"不去，丞相必起疑心，更是死路一条。"许褚生怕黄飞真的行违逆之事。

面见曹操的路上，宣言悄声问黄飞："曹操真是得脑瘤死的吗？"

黄飞道："根据历史记载，曹操头痛多年，病情渐进性加重，直至殒命。他的症状极像良性脑瘤引起的。唯一的治疗方法是通过手术将脑瘤切除。华佗曾经提出这样的治疗手段，但曹操犯了多疑的老毛病，以为华佗要谋害他，于是下令斩杀华佗。结果病情加重时无人可医，就此一命呜呼。这算是一起人类早期医疗纠纷案例。"

"事先知道答案再去考试是不是很爽？"宣言取笑黄飞。

"可不是嘛！我们届时别提开颅、脑瘤，反正他们也听不懂，直接对症治疗就行。以后发生的事，就交给历史吧。没准咱们还能有机会见到真正的神医华佗。"黄飞提前想好了对策。

"只是带小抄还不够牢靠。"宣言信口开河，"如果允许场外求助就好了，可以直接把华佗请来代考。"

"话说回来，希望我们能有机会委婉地提醒一下，或是潜移默化地施加影响，让曹操尽量少杀人。听说曹操打仗，只要惨胜，就用烧杀抢掠甚至屠城来犒赏军队，真可谓怙恶不悛。"黄飞初心不改，对改写历史仍旧抱有幻想。

黄宣二人是蒙着脸被带进曹操寝宫的。

黄飞心里暗骂：一个丞相，竟然住在皇家的寝宫里。难怪孙权、刘备要骂你曹贼。之前还以"礼法不合"为由拒绝接见我们。你这合的又是哪门子的礼法？双标、多疑、嗜杀，这人简直病得不轻。要不是还心存希望，想在你身边好言相劝，以图挽救更多人的性命，我早就带着宣言逃之夭夭了。

经过一系列复杂的安全检查之后，两人被带进一个金碧辉煌的宫殿，所见之处都是皇家才有的装饰和陈设。许褚的府第和皇宫一比，顿时显得平凡、朴素起来。宣言此刻突然想起自己在上海租住的蜗居，更是宛如芥子般渺小。

寝宫里只有一张床，一半床堆满了书。一个中老年男子躺在床上，衣着华丽，想必就是曹操本人。在身边伺候的，看上去是两个侍女和一个医生。贴墙站立的，是七八个带刀侍卫。

黄飞注意到一个细节：床上也没有枕头。他已在这个时代滞留多日，当然知道三国年间人们不用枕头。但他记得曾经在哪里读到过，枕头是曹操发明的。现在亲眼所见，曹操仰卧于床上，头下却空无一物。不知是曹操发明枕头的传说不实，还是时候未到。

曹操见二人来了，将身子略微立起，在床头半躺半坐，沉吟片刻缓缓开口："二位先生，可否报上大名？"

宣言端详了一番眼前的曹操。只见他面部轮廓分明，脸颊略突，下颚方正有力。五官并无特殊，组合起来却透着一股磅礴气势——细眼长髯，眉毛浓密，眼窝略凹显得目光深邃，嘴唇厚实而匀称。他虽然已近暮年，且身体抱恙，仍显出一种凛然不可侵犯的王者气概。

"不够帅。"比起老头子，宣言当然更喜欢周郎和孔明那样的帅哥。

黄飞和宣言施礼后各自报名。

"黄飞，飞……好好好，先生要是治好曹某，我就封你为飞将军如何？"曹操一上来就诱之以利。

"承蒙丞相厚爱。在下只会看病，不会带兵打仗，也没有入仕的打算。"黄飞直言相告。

"哦，那先生追求的是什么？你可知上一个飞将军是谁吗？"曹操突然出题。

这可难倒了二人，历史没学好。

"上一个飞将军就是奉先啊！"曹操见二人默不作声只好公

布答案，"可惜他被我杀了。先生可知是何原因？"

原来是吕布！

见二人三缄其口，曹操继续说道："奉先有才，可是首鼠两端，犹如风吹墙头草。那日我本想保他不死，助我平定天下。谁知玄德劝我：明公可曾记得丁建阳和董太师否？无奈，我唯有杀之。"

黄飞对这一典故略知一二，丁原与董卓在东汉末年共掌朝权，最后反目成仇。刘备故意提及丁董二人，使的是离间之计。

曹操见二人不语，继续发问："我闻二位先生来自东吴，还帮仲谋、公瑾看过病，前途大好，为何转而投我？"

原来这几天已经做好了"背调"，曹操真是深不可测。

"只因救了许褚，东吴以为我们反叛。"宣言回答得小心翼翼，毕竟眼前这个人是史上最有名的"医闹"。

"二位先生对反叛后悔否？"

"没有什么叛不叛，丞相。我们是医生，只知道治病。何况大家都是中国人。在战场上无论哪方军队有人受伤，我们都会救的。我们祈愿中华一家，亲如兄弟。"黄飞开始洗脑。

"很好！天下归一也是我之所愿。"曹操神色一变，捂着头道，"可恨这头痛误事。"

"丞相的头痛是否晨轻而夜重，站立轻而躺下重？"黄飞早有准备。

"先生怎知？这头痛扰得我坐卧不宁。"曹操眉头紧锁。

"剧烈头痛时，还会伴有恶心甚至呕吐？"黄飞继续背小抄。

"确实如此。"曹操眉头略展，"先生可有破解之法？"

看来确实是颅内压力增高的症状。头痛、呕吐和意识丧失，是颅内压力增高的三联征。曹操的颅内压力增高，大概率就是颅内肿瘤压迫引起的。只不过肿瘤还不够大，没有到让患者意识丧失的地步，但也可能引起一些精神症状——比如经常出现幻觉。或许这就是为什么曹操会在梦中杀人？

宣言看了一眼黄飞，担心他习惯性地讲到脑瘤和开颅。黄飞心领神会地向她点了点头。

"丞相，可否让我为您整理一下床铺？看看换个睡法能否舒服一点。"黄飞想找个见效快的法子，先取得曹操的信任。

"这……"曹操略作迟疑，"先生请便。"

曹操起身下床，转身时不易察觉地使了一个眼神。一个带刀侍卫默契地凑了过来，陪着黄飞来到曹操床前。

黄飞将床上的书叠成枕头形状，又唤人拿来软布，包在书的外面，做成了一个简易枕头。

"请丞相躺下试一试？"黄飞道。

曹操半信半疑地躺下，头枕在枕头上。

黄宣二人屏住呼吸。

几分钟后，曹操终于给出反馈："先生真乃神人，曹某确实感到头痛减缓。这是为何？"

本来，忧虑过度的人躺下休息才会舒服，但躺下时头部和心脏若处在同一水平高度，将极大地增加颅内压力，导致原本就高的颅内压力变得令人难以承受，故而患者的头痛、恶心会加重。

垫高头部，让头高于心脏，可以降低颅内压力，故而可以使头痛减轻。

但黄飞转念一想，既然这个时代的人普遍不接受科学，那么和他们讲这些科学道理岂不是毫无意义？

黄飞临场发挥，现编了一套说辞："丞相乃是百官之头。故头部应居高位，这样才是善待头部。如若本末倒置，必然阴阳失调，故头痛尔。"

宣言先是一惊，马上醒悟，对黄飞的随机应变暗自佩服。

曹操觉得舒服便不再起来，躺着问道："头痛并未完全消除，那先生还有药石否？"

"当然有！"黄飞随即写了一副中药方。

曹操又使了个眼色，侍女将药方拿给旁边的医生。

那医生看后表情有些古怪："禀告丞相，这方子是利尿的，并无治疗头痛的功效。"

"哦？"曹操不动声色地看向黄飞，"先生如何解释？"

黄飞一副胸有成竹的样子："医者，岂能头痛医头脚痛医脚？禀告丞相，治疾犹如打仗，讲究虚实结合，声东而击西。况且人体乃一整体，牵一发而动全身，是故调一处可利全身。虽是利尿药物，却可治疗丞相头痛。丞相一试便知。"

曹操见是寻常药，无甚危险，就命人煎药。

半个时辰后，药物煎好，呈上两份。曹操看了一眼侍女。侍女会意，先端了一份给黄飞："按照丞相惯例，开方大夫需先服用一份。"

回到三国当名医

没有CT扫描，只能凭借经验，大致判断血块的位置，在最有可能的地方打洞。希望过往的行医经验，能给我带来好运！

各大平台热播网剧
《回到三国当名医》原著

黄飞拿起药碗一饮而尽："良药苦口利于病。丞相服药后，今夜可能会起夜几次，但明日清晨头痛症状就会大大减轻。"

"真有这么神奇？"曹操似笑非笑，"我这就让人给两位先生安排房间，今夜请留宿此处。若我明日大好，还要来道谢。"

曹操脸上明明带有笑意，宣言却不由打了个冷战——那要是明日没有大好，他会怎么对我们二人呢？

深夜，睡不着觉的宣言小声抱怨："又被软禁了。黄飞，你到底靠不靠谱？曹操要是明日病情加重，疑心病发作，会杀了我们。"

"放心吧。曹操的病是肿瘤压迫脑子，导致脑水肿，引起头痛。我用枕头将头部垫高，可以减轻水肿，曹操头痛缓解证实了这一点。再用药物利尿消肿，带走体内水分，减轻颅内水肿，可以继续缓解头痛。"

"就信你一回，我可不想死在这里。"宣言也没有更好的办法。

第二天上午，曹操召见黄宣二人，脸上笑意更浓："先生神人也！虽然起夜两次，但曹某从未睡得如此之香。一直睡到日近晌午，让二位先生久等了。"

黄宣二人昨晚已排练好，齐声道："丞相身体康健，乃大汉之福。"

曹操指着枕头问道："先生，此物有奇效，可有名字？"

黄飞继续装蒜："没有名字，乃是昨夜为丞相临时制作，还请丞相赐名。"

"好好好。"曹操沉吟片刻，"此物吉祥，枕头而舒适，不如就唤作枕头如何？"

众人纷纷恭维："好名！好名！"

果然是曹操发明了枕头！

曹操没有忘记正事："我欲将两位先生留在身边，不知先生求何官职，又有什么要求？"

由于尚未来得及和宣言商量，黄飞只能遵从内心作答："我等愿为丞相服务，但不愿为官。至于要求……"

说到这里，黄飞不由看向宣言。此时宣言正好也瞪着两个大眼睛看向自己。

"那宣言你说吧！"黄飞索性把宣言推了出去。

宣言也不含糊："请丞相赐我等房产、金钱。我等想在邺城开设医馆、学堂，为百姓看病，让穷苦人家的孩童有学上。"

黄飞赞许地频频点头。宣言经历过在三国的这一连串遭遇，早不似初来时那般幼稚，已经变得识大体、知轻重，完全和自己心意互通了。

曹操有些意外，随即爽朗大笑："原来二位先生所需仅仅如此。邺城除皇宫外，任一地点只要先生满意，均可随意使用。此外，朝廷会拨付钱财助先生开医馆、设学堂。福荫我大汉子民。"

黄宣二人得偿所愿，真诚地向曹操拜谢。

曹操连连摆手："不必谢我。二位先生乃我之上宾，此后不必再叫我丞相，唤我孟德如何？两位先生的表字也请告知孟德。"

众人大惊，两个地位低下的医生，居然受到曹操如此礼遇，实在是闻所未闻。其实这也不难理解，曹操虽是大政治家，但毕竟与建安七子齐名，少不了有一些文人风骨和热血情怀。

黄飞定了定心神："我二人皆贫苦人家出身，只有姓名，没有表字，故丞相还是叫我们的名字吧。我有一故交，也叫孟德，但身份远不似丞相这般尊贵。若唤丞相孟德，难免会时时想起他。"

"如此稀奇？自我记事起，几乎从未遇到与我表字相同的人。你那个故交全名叫什么？"曹操问道。

"孟德斯鸠。"听到黄飞吐出这几个字，宣言差点儿笑出声来。

"孟德斯鸠？"曹操捋捋胡须，"这名字真古怪，可是驯鸟者？"

"斯斯文文，著书立说者。"黄飞说得一本正经。

"我平生最喜读书，但从未听说过这位孟德斯鸠。先生可否推荐一些他的作品？"

"这孟德斯鸠是东吴小村法兰西人士，主张人人生而平等，应被赋予相同的权利，君主应该依法治国。"黄飞侃侃而谈。

"法兰西？"曹操更为疑惑，"孟德走遍天下，还未听闻如此怪名。"

"没几个人的小村，丞相自然不曾听闻。"宣言插话。

"这人人平等我倒是第一次听说，是何意？"曹操似乎兴趣盎然。

"就是一个国家的每一个人都享受相同的权利，包括受教育、为官、有自己的营生和能得到医疗救助等。"黄飞开始向曹操灌输现代思想，"我等深以为然，故立志开设医馆为普通百姓看病。"

"上至皇宫九卿，下至贩夫走卒，皆平等为官、谋生，接受教育、医疗？"曹操大受震撼。

"是的，每个人都有相同权利。如此丞相方能真正地唯才是举，广纳名臣良将为国造福。"黄飞答道。

"这唯才是举，我非常认同。凡有才者，皆赐予官职，为国出力。但你说贩夫走卒也可享受公卿之福泽，我大汉岂不乱套了？"曹操觉得黄飞太过荒唐，"先生还是先专心开医馆吧！"

黄飞也没有继续争辩下去。他知道，这个思想过于超前了。孟德斯鸠是1500年后的人，法兰西在中国的三国时期还是一片荒芜。要想影响曹操，绝非一日之功。只要能留在他身边，就有希望潜移默化地让他做出一些改变，也算对中华民族的历史有所贡献。

黄宣二人于中午时分被送出宫。这回没有再蒙住头脸。一出宫门便看见许褚、曹仁正焦急地守在宫外。

许褚见到二人安然无恙，好像也没有受到任何虐待，悬着的心总算落了下来，上前一把搂住黄飞："没事就好，没事就好，可急坏老许了！"

宣言生怕许褚也上来搂自己，赶紧躲得远远的。

"你们俩一夜未归，把关内侯急死了。这一大早就到宫门外守候，还派人叫上我，说万一丞相有什么事，我们两个还能打个照应。"曹仁看来也没少着急。

这两人一片赤诚，黄宣二人大受感动。

"丞相已同意我们开设医馆和学堂，届时还请二位大人助我们一臂之力。"宣言道。

此后一段时间，在曹操、曹仁、许褚的帮助下，黄宣二人在邺城复刻了吴郡的中华医馆和中华学堂。为服务贫苦百姓，二人坚持把医馆和学堂开在贫民区，帮百姓看病也只收极少的诊费。

黄宣二人在吴国享受过岁月静好、财务自由的时光，此时才意识到，身处乱世当有医生的责任和坚守。二人于是开始沉下心治病救人，并亲自在学堂教授汉朝小儿科学知识，希望用自己的医术为乱世中的百姓带去一些平静和依靠，让科学的种子在中华历史上提前生根发芽。

第十七章

疟疾

公元213年，在平定凉州之后，曹操再次将目光瞄准了南方。赤壁之战的阴影还笼罩在曹操心头，他势必要一雪前耻，痛击孙权碧眼小儿。这次，曹操自认为准备得非常充分，亲自统帅步骑十五万人，对外宣称"四十万大军"，逼近东吴防线濡须口。他的作战目标是：打掉孙权的防御部队——江西大营。

黄宣二人以宿卫虎士的身份陪同曹操出征。有许褚、黄飞和宣言在身边，曹操备感安全，那讨厌的"头痛"似乎也再没来烦扰他。

然而，曹操本次南向用兵，对天时地利的估计仍然不足。对于北方军队来说，他们最大的敌人并不是孙权，而是——南方。

时值南方雨季，行军路上雨很大，道路泥泞，举步维艰。大军都快要到濡须口了，却连续几天赶上暴风骤雨，密密麻麻的雨滴从天而降，像无数支箭矢射来，人和马都畏葸不前。先锋官张辽素以骁勇著称，也打报告请示是否可以暂时驻扎，雨势减弱后再继续行军。曹操复仇心切，对张辽劈头盖脸一顿臭骂。见此状，无人再敢张嘴，大军继续向濡须口推进。

谁曾想，雨水并非南方给曹军准备的最大"惊喜"，更要命的还在后头——疟疾！

南方本就潮热，暴雨过后大面积的积水更是给蚊虫滋生创造了优渥的环境，让疟疾传播具备了最佳条件。

曹操的士兵开始接二连三地发热，很快一个接一个倒下，轻则丧失战斗力，重则一命呜呼。

疟疾，在新中国成立以前，一直是"超级杀人幽灵"。它主要借助蚊子传播，是南方最流行且最致命的传染病。作为一种古老的疾病，其历史可以追溯到 4000 多年前。《黄帝内经》中就有对其发病症状的描述：发热、寒战、退热汗出等。因此我国民间也将疟疾称为打摆子、寒热病。

由于传统中医没有治疗疟疾的"特效药"，因而疟疾流行猖獗，病死率很高。新中国成立后，政府建立了疟疾防治机构，广泛开展疟疾的防治和科研工作，此后疟疾的发病率大幅下降，出生较晚的人甚至不知道疟疾为何物。2021 年，世界卫生组织（WHO）向全世界宣布，中国正式获得消除疟疾认证。然而，直到 2019 年，全世界仍然有 2.29 亿人次感染疟疾，其中 40.5 万人死亡。

大军还没有行至前线，已经倒下一大半。十五万人马中，有力气打仗的不足三成。军队病号遍地，士气低落，曹操也无计可施，只能在自己的大帐里愁眉蹙额，长吁短叹。

"此为南方瘴疟，系外感暑温疟邪所致，需清热、保津、截疟。"曹操的军医给出这样的结论。

然而，照着这个方法治疗，基本毫无作用，死亡的士兵越来越多。曹操一怒之下斩了军医令，并开除了一帮他手下的军医。

"仗，我一定要打赢！兵，我一定要治好！孙仲谋，你给我等着！"曹操将最后的希望寄托在黄飞和宣言身上。

这两个大夫，从来都不按常理出牌，也许能用奇招力挽狂澜。

黄飞和宣言来到下等兵的军营视察。大多数士兵已被感染，不同程度地呈现出高烧、呕吐、全身疼痛等症状。重症患者更是口唇青紫、神志模糊、呻吟不止，一副将死之相。士兵们看见黄宣带着宿卫虎士和军医来视察军营，纷纷下跪求救："大人，救救我们吧。现在别说打仗，我们连路都走不动了！"

"太可怜了。"宣言心软落泪。

"疟疾的症状太明显了，可惜没有特效药。"黄飞扼腕长叹。

"不管怎么样，我们先想办法降低病死率吧。"宣言提议。

"先切断传播途径，把病人隔离起来，号召全军扑杀蚊子。"黄飞马上响应。

"为何要杀蚊子？"军医们大惑不解。

"疟疾是一种寄生虫传染病，主要借助蚊子传播。这些疟原虫寄生在蚊子体内，当携带它们的雌性疟蚊叮咬人类时，疟原虫就可能通过其唾液进入人体。所以，蚊子是在病人和健康人之间传播疟疾的中介。如果没有蚊子，疟疾就不会传染。"宣言向他们详细解释。

"这军营里蚊子这么多，我怀疑大多数士兵都被感染了。即使有的士兵现在没发烧，也不代表他们没生病。人被蚊子叮咬后，不一定会马上发作疟疾。四周的潜伏期过后，感染者才会出现发烧、寒战、头痛、关节或肌肉疼痛，以及呕吐或神志不清等症状。在恶性病例中，从发病到出现严重症状，只需要一天，甚至有当天死亡的。所以，要对军营的所有士兵严加防范。一旦出现发烧病例，就立即隔离；没有感染的人，要远离病人，并通过穿长衫长裤和使用蚊帐来防止蚊子叮咬。"黄飞快速做出部署。

寄生虫、疟原虫、传播、潜伏期……这些词军医们完全听不懂。但军令如山，他们还是将扑杀蚊子、隔离病人、加强防护的命令传达到了军营的每个角落。

可是，接下来怎么办？难道对这些发高烧的病人就束手无策了吗？怎么杀灭他们体内的疟原虫？夜已深，黄飞和宣言还在商量对策。

"要是屠呦呦教授在就好了。"黄飞在胡思乱想，"她提取的青蒿素就是治疗疟疾的特效药。"

"青蒿素我知道，屠呦呦教授还因此获得了诺贝尔奖。"同为女性，宣言满心崇敬，"她真是中国人的骄傲。"

说完这句话，宣言灵机一动："我们能自己提取青蒿素吗？你不是说外科医生不能等靠要，而是都得靠自己吗？"

"谈何容易，我们可从来都没有提取过青蒿素。"黄飞明显没有信心。

"如果不试一试，他们可就都得死了。"宣言很少这么有信念感，"你还怎么影响曹操？"

"你说得对！如果我们都不试，就更没有其他人会去试了。"黄飞被说动了。

可是，从哪里开始呢？

"我记得以前看过，屠呦呦是从古代医书《肘后备急方》的治疟验药方中获得启发的——'青蒿一握，以水二升渍，绞取汁，尽服之。'而传统中医用青蒿治疗疟疾都采用水煎服，效果不佳。所以，提取青蒿素的关键在于温度。温度太高，青蒿素会被破坏，当然不会有效。"黄飞一点点回忆着看过的文献。

"我指出一点，屠呦呦提取青蒿素用的并不是青蒿，而是黄花蒿。一种长得很像青蒿，但会开黄色花朵的植物。青蒿和黄花蒿不是一个物种。"宣言以往可没这么博学。

"你怎么知道得这么清楚？"黄飞不由对宣言刮目相看。

"咱们医院发的青蒿素的科普文章是我写的。"宣言顿了顿补充道，"领导逼我写的。"

难怪宣言对提取青蒿素如此积极，原来有特殊的知识储备。

事不迟疑，两人开始紧锣密鼓地行动起来。

先把健康的士兵派出去，找黄花蒿、抓猴子，从动物实验开始。

被蚊子叮咬后的猴子，很快感染了疟疾。现在有了灵长类的疟疾模型。通过治疗猴子，就可以验证药物的疗效。

用什么方法低温提取青蒿素呢？这是摆在黄宣二人面前的最大障碍。他们先按照《肘后备急方》所述，用水浸泡黄花蒿，得到青蒿水。后来又尝试从黄花蒿中绞出汁液。感染的猴子喝了用这两种方法获取的青蒿素，治疗效果都不好。

时间一天天地过去，两人心急如焚。

这一夜，毫无收获的黄飞正要回自己的营帐，路过许褚的营帐时，见他在帐内垂头丧气地自斟自饮。

"老许，为啥喝闷酒？"黄飞问道。

"还能为啥，病治不好，听说丞相在做撤军的打算。白跑一趟，还死了这么多兄弟，憋得慌。"许褚十分沮丧，"不如一醉方休。"

说罢，倒了一大碗酒，一饮而尽。酒香扑鼻，黄飞突然灵光一闪——酒，会不会是酒？

宣言在睡梦中被黄飞叫醒，起床气不小："搞什么鬼，自己不睡也不让我睡。"

"我不搞鬼，我搞酒。"黄飞满脸兴奋。

宣言听得一头雾水。

"青蒿的水和汁效果都不好，是不是因为青蒿素不溶于水？而水是无机溶剂，那是不是说明青蒿素更容易在有机溶剂中溶解？如果用酒精来提取青蒿素，会不会有奇效？"黄飞一口气抛出好几个问题。

"对哦，乙醇就是有机溶剂。"宣言拍了拍脑袋，"我想起来了，屠呦呦就是用乙醇和乙醚来提取青蒿素的。"

"你怎么不早说！"黄飞恨不得掐死宣言。

"时间太久了，我怎么能记住这么多细节？经你提醒，我才想起来。这难道不是正好符合脑科学的记忆规律吗？"

没时间斗嘴，要赶紧行动起来。在接下来的几天里，黄宣二人开始试验使用酒精提取青蒿素。在经历了许多次失败后，终于摸索出比较成熟的方案：先将黄花蒿的枝叶晒干，磨成粉末，然后将其浸泡于高浓度酒精之中，析出青蒿素，再将此液体在低温下吹干，尽量让乙醇和水的成分挥发，最终得到的便是浓缩液体。

二人将这款新药命名为"青蒿一号"。"青蒿一号"没有让他们失望，在动物实验中效果非常好。

"每组五只疟疾猴子。无任何治疗的对照组，死亡三只，发热不退两只。服用青蒿水组，死亡两只，发热不退三只。服用青蒿汁组，死亡两只，退烧一只，发热不退两只。服用"青蒿一号"组，五只全部退烧，没有死亡。动物实验有效率达100%！"

黄飞废寝忘食地把所有的精力都耗费在实验上，却没有注意到宣言的变化。当黄飞兴奋地向宣言公布实验结果时，宣言面色凝重，神情中似有难以掩饰的痛苦。听完实验结果，宣言强撑着露出一个微笑，然后身体软软地倒下。

额头好烫！宣言，发高热了。难道，宣言也感染疟疾了？这个症状像"恶性疟"，是起病最猛、死亡率最高的那种疟疾。感染恶性疟的士兵和猴子大多很快就死掉了。

黄飞赶忙扶起宣言。

宣言已经变得迷迷糊糊："太好了，下一步的人体实验，就能直接用我了……"

黄飞瞬间落泪，心如刀绞。

夜里，宣言躺在床上，烧得神志不清，不停在喊"妈妈，妈妈"。

黄飞推门而入，手里端着一碗"青蒿一号"，准备让宣言服下。

碗都到宣言嘴边了，黄飞却迟疑了。思考了一秒钟之后，他突然端起"青蒿一号"，咕咚咕咚喝了个精光。

"想做第一个试药的人，你没这么幸运。我试过没事，才能轮到你。"黄飞微笑地注视着宣言，喃喃自语。

可惜，烧糊涂的宣言什么也没听到。

吐，疯狂呕吐，胆苦水都快吐出来了，还伴有严重的头晕目眩——这就是黄飞服药后的反应。

黄飞爬不起来了，在床上躺了整整一天。"为什么会这样？"这个问题始终在他的脑海里盘旋。

幸好没有给宣言服药，否则后果不堪设想。

我为什么会吐？我的脸怎么这么黄？最大的可能是剂量太大，产生了严重的副作用，包括对消化道和肝肾功能的损伤。看来猴子能承受的药量，人吃不消。必须减少药物剂量。

黄飞指示军医按照三分之一的剂量给宣言配药，又用保肝药和止吐药来抵消副作用。这才给宣言服下。

服药第二天，烧退了。服药第五天，宣言彻底清醒，成为"青蒿一号"治好的第一例病人。

黄飞试药倒下后，第二天就挣扎着下床照顾宣言。看着宣言一天天好起来，他揪着的心也慢慢放松下来。

等宣言完全康复后，二人进驻下等兵的隔离病房，开始大力推广用"青蒿一号"治疗疟疾。

许褚看不下去了，蒙着头来到隔离病房，拽着黄宣二人就往外走："这种事交给军医做就行了，你们两个快给我离开这里。宣大夫病刚好，岂能如此劳累？"

"病好了，人就没事了啊，而且我产生了抗体，短期内不会再感染。我们还有重要的工作，观察药物反应，继续改进'青蒿一号'。"宣言正干劲十足。

"这个抗什么体又是什么东西？"许褚听不懂，只好又去拉黄飞，"先生，你还没得过病，不怕被传染吗？"

"我们都做好了防护措施，应该没事的。老许，等我们治好了士兵，你就不用再喝闷酒了。"黄飞也离不开一线。

"可是这病太厉害了，已经死了这么多人。你这细胳膊细腿的，万一害了病，容易……"许褚真的担心黄飞会死。

"可我们是医生，职责所在。"黄飞说得大义凛然，心里却也有些发毛：我要是像宣言那样得急病，可不见得有她那么好的命再活过来。死了以后若能穿越回现代倒也罢了。万一不能呢？那人可就彻底消失无踪了。

害怕又能如何？小船已行至中途，我们只能继续努力划下去。也许，治好他们，就是我们来这里的意义。

许褚拿这两个医生没办法，只好骂骂咧咧地走了。他还是放心不下，派了二十几个虎士给二人当保安，维持病房秩序，自己则全副武装地和士兵们一起填水坑、灭蚊子去了。

改进后的"青蒿一号"治疗效果极好，许多士兵用药两天后就退烧了，一周左右基本恢复了上战场的气力。

曹军的战力，恢复了！

从疟疾开始蔓延，到"青蒿一号"彻底治好疟疾，不到三个月的时间。军中都在传，黄宣二人是神人。

"如此神速，充分证明了曹军的实力！如此铁军，再加天神相助，必然战无不胜，攻无不克！"曹操趁机让人四处散播天佑曹军的说法。

曹军士气大振，次月即攻破孙权的江西大营，俘虏东吴大都督公孙阳。

曹操对取得大胜颇为满意，当即召开颁奖大会。大会弥漫着即将凯旋的气氛，四处旌旗飘扬，人人欢欣鼓舞。曹操当着全军的面点名表扬了黄宣二人："本次胜利的首功之人，当属二位医生。我要亲自给他们颁奖，回邺城以后还要给他们办庆功宴！"

黄宣二人因抗疫功勋卓著，当场受封"虎威太常"。

在众目睽睽之下，由丞相亲自授衔，两人不由得双手颤抖，仿佛在现代荣获国家最高科学技术奖。此等荣誉，此等场面，在上海中华医院是一辈子都不敢想的。

黄宣二人在军中的威望到达顶峰，这也是二人有限的人生经历中最高光的时刻。一切来得太快，二人精神都有些恍惚。

这时，一个士兵突然高声大喊："华佗！华佗！"

一刹那的安静过后，众人纷纷加入呐喊的大潮："华佗！华佗！华佗！"

黄飞刚才还陶醉在突如其来的巨大荣耀之中，猛然间被全军整齐的呐喊声唤醒。他好像一下子明白了什么，不由自主看向宣言，而宣言的目光此刻正好也迎向他。

原来，华佗真的是对神医的尊称。华佗，可能并不是一个人！

黄飞忍不住又看了一眼端坐高台的曹操，发现曹操也正在微笑地注视着他。

"那我们会不会被曹操……"黄飞想到历史记载的华佗之死，突然觉得天旋地转，哇地吐了一口后倒地昏迷。

颁奖大会不欢而散。宣言、许褚和军医们以最快的速度把黄飞拉到病房里进行紧急抢救。

半晌之后，黄飞恢复了一点点意识，但脸色依然蜡黄，只能拼尽最后一丝力气对宣言说了一句："我……我可能是药物性肝损伤。"

随即再度陷入昏迷。

听说了黄飞为自己试药的整个经过，宣言极力压制内心的激荡，捋清了黄飞病倒的前因后果：试药、呕吐、调整药物……身负药物性肝损伤却一声不吭，还要连日地熬夜、受累和背负压力。终于，今天突然的精神刺激让他彻底垮掉了。

"你怎么这么傻！"宣言垂泪自语，"我是麻醉科医生，你叫我怎么治疗肝损伤？"

为了救黄飞，宣言必须让自己尽快从悲痛中走出来。在军队回程的路上，她一边照顾黄飞，一边和军医们研究《伤寒杂病论》，想方设法诊治黄飞的肝病。

临时病房里，黄飞的呼吸越来越微弱。

一个军医摸了摸黄飞的脖子，对宣言摇了摇头："我等无力回天，黄太常可能没救了。"

宣言大哭，不愿相信也无法面对这个事实。

"黄太常可能就是为拯救我军而来的。现在完成抗疫任务了，老天爷要他回去做神仙了。"另一个军医宽慰宣言。

"现在军营里都在传，黄太常泄露天机，遭天谴了……"又一个军医说话带着哭腔。

"宣言，现在你该怎么办？"看着奄奄一息的黄飞，宣言在心中反复问自己。她已经没有时间伤感了，只有马上想到办法，才能把黄飞从鬼门关给拉回来。

第十八章

拯救

明亮的现代病房里，黄飞躺在上海中华医院的病床上，吸着氧气，营养液正通过静脉注入他的体内。

"这是哪里，我回来了吗？"

"这又是哪里，这是宣言吗？"眼前是中华医院的手术室，宣言正在给全身麻醉的病人插管。

"为什么我飘来飘去？我是死了吗？还是，我进入了另一个二次元空间？"

黄飞的肉体仍处在昏迷中，意识却没有消失。只是他已陷入混沌之中，分不清空间和时间。

医学上，这种现象叫"谵妄"。

宣言如今还在曹军的临时病房里，用心理暗示给自己打气："黄飞，你不要死！我不能等靠要，我是华佗，我是虎威太常，我一定能救活你！"

宣言独自翻起了《伤寒杂病论》的《杂病篇》。这是黄飞最为推崇的部分，也是在历史中遗失的部分，抗生素的药方就是在这里找到的。宣言相信，常规的疗法已经救不了黄飞。如果还有机会，肯定藏在这个被历史遗忘的角落里。

昏暗的灯光下，《杂病篇》被一页页地翻过。宣言回忆着张仲景和黄飞曾经说过的话，从中探求穿越生死的奥秘。

突然，书中的一个章节映入眼帘——回天针法。这是一种用于将死之人的救治之法，针灸之术！

《回天针法•肝胆篇》中写道：肝合气于胆。胆者，中清之腑也……左手关上阳绝者，无胆脉也……眦目善畏，如见鬼状，多惊少力。刺足厥阴治阴，在足大趾间，或刺三毛中。

三阴交、曲泉、阳陵泉、足三里……宣言按照书中的方法一板一眼地给黄飞扎针。对肝胆衰竭之人，真的有回天之术吗？

黄飞正魂游于中华医院。此刻他突然来到实验室，又戴上了脑机接口的头盔，全身如遭电击一般。“啊”地一声大叫，黄飞苏醒了，再次回到三国世界。

只是，人非常虚弱。

“真的有效！张仲景没有骗人，医圣就是医圣。”宣言喜极而泣，激动地扑到黄飞身上。

接下来的日子里，宣言每日悉心为黄飞针灸，辅以资深军医开的保肝药调理身体，渐渐地，黄飞竟然康复了。

军中的谣言也随之更新了版本：黄飞、宣言果然是天神下凡，这次躲过了天劫，所以黄飞能起死回生……

大军还在回邺城的路上，大病初愈的黄飞已经恢复工作，继续和宣言在军营中开展消灭残留疟疾的扫尾工作，研发出药效更强但副作用更小的抗疟药物"青蒿二号"。

"青蒿二号"让军中的疟疾基本绝迹。然而，曹军战俘营却成为被遗忘的角落，仍然疟疾肆虐，大批战俘病死。

由于曹操杀降、屠城成性，因此曹军少有战俘。只有身强力壮的人才有机会幸存下来，成为出苦力的牛马。

既然只是生产工具，曹军对待战俘自然从来没有丝毫同情心可言。漏网的弱小者要么被当场杀掉，要么在粮食匮乏时拿来充饥。力气最大的那些战俘，在特殊时期被留下来当牲口用，俗称"人牲"。"人牲"吃着最粗劣的饭菜，干着最下贱的活儿。

这次攻下江西大营，牺牲了大量士兵，加上疟疾的非战斗减员，曹操的兵力已经严重不足。大军回城途中，需要大量的劳动力，幸好俘获了大量东吴兵。不够精干的统统杀掉，剩下的都充当"人牲"。

现在"人牲"大量死亡，劳动力上顿时捉襟见肘，大军班师受到严重影响。曹操勃然大怒，处分了一批军医，然后派黄宣二人视察战俘营，给予救治疟疾方面的指导。

黄宣二人在宿卫虎士的陪护之下，第一次来到战俘营。这里简直就是人间地狱，战俘个个衣不蔽体、面黄肌瘦，病情轻的发着高烧，重的已经奄奄一息。

"太可怜了，简直没把他们当人。"宣言义愤填膺。

"一定要改变这一切！"黄飞暗下决心。

突然，一个细弱的声音从角落里传来："宣公子，黄先生。"

宣言先是从人群中找到这个声音的主人，一个衣衫褴褛的少年，手里还拿着一个破碗。她再定睛一看，终于辨认出来，这是婉盈的邻居毛儿。黄宣二人初到东吴时曾救治过他骨折的爸爸。

曾经无忧无虑的少年，怎么变成了一个乞丐？岁月在他黝黑的脸庞上刻下深深的印迹，破烂的衣服遮掩不住因严重营养不良而过度瘦弱的身躯。在他空洞的眼神中，甚至连绝望和无助都已经看不到。

这就是战乱对一个人的改造吗？

黄飞赶紧把毛儿单独叫出来，给他吃喝。原来，赤壁之战中父亲战死，毛儿一人孤苦伶仃，没有活路，只能投军混口饭吃。他本想着进入江西大营能有生活保障，没想到吴军竟然吃了败仗，他变成俘虏。

"那婉盈呢？"宣言急忙向他打听。

"婉盈就在战俘营里。她爹死了，我投军时，婉盈和她娘靠着女工勉强度日。这次也被抓到了战俘营，我也是前天偶然遇见她才知道的。先生，能不能救救我们？他们把我们当畜生一样使唤，榨干了就扔掉。在这里待下去，只有死路一条。"毛儿含泪控诉。

"快带我们把婉盈找出来！"宣言一刻也等不得。

宣言见到婉盈时，她正蜷缩在角落里瑟瑟发抖，一看就知正发着高烧。看到曹军来了，吓得将脸紧紧贴在膝盖上。

看见故人如此惨状，黄飞不禁落泪。宣言更是泪流满面："婉盈，我是宣公子！你醒醒！"

婉盈疑惑地抬起头来。认出宣言时，她简直不敢相信自己的眼睛。宣言上前搂住她，两人抱头痛哭起来。她的母亲已经在大军回程路上病逝，被抛尸荒野。幸好长得不够明艳，她才没有被曹军糟蹋。

"这些混蛋，太过分了！谁干的？"黄飞开始骂人。

虎威太常加"天神"发威，现场的曹军跪倒一片。

婉盈是他俩来到古代后第一个见到的人，也是第一个救他俩的人。

"我们一定会救你出去！"宣言向婉盈保证。

"我们要想办法让曹操放了他们。"黄飞似乎有了主意。

二人先找许褚想办法，但遭到拒绝。许褚担心被曹操责骂，更害怕丢官："对于丞相来说，留战俘活命就是大恩了，想放掉比登天还难。不过，现在战俘营的主管将军是张辽，要不找他想想办法？"

三人找到张辽，不料张辽胆子更小："我现在已被丞相从先锋将军贬为战俘营头头了，哪里还敢动放掉战俘的心思？你们还是饶了我吧。"

黄宣二人毕竟是曹操面前的红人，张辽也不敢直接推脱："等到回邺城之后，战俘不再有用，丞相或许会给二位太常面子。不如就在二位的庆功宴上，乘着丞相的酒兴……"

"不可不可！"许褚连连摆手，"这样做太冒险。丞相酒后或可答应，但也有可能当场发飙杀人。早年赤壁战前他横槊赋诗，那乐师不就因为一句话没说好被当场刺死？"

虽然冒险，但实在想不到别的办法，这是目前唯一的办法。

黄宣二人白天用"青蒿二号"治疗战俘，晚上偷偷制订计划。最后商量出两个计划。

　　A 计划是在庆功宴上乘着曹操的酒兴冒死提议，如果遭到曹操拒绝就实行 B 计划。

　　B 计划是把张辽灌醉，偷走他的令牌强行放人。如事情败露，就硬着头皮扛。刚受到嘉奖，曹操一时不便杀掉二人，否则打了自己的脸面。以后要么找机会将功补过，要么直接逃跑。

　　二人知道曹操喜欢行酒令，热衷于玩酒后"KTV"，于是特意提前训练好乐师，打算在庆功宴上好好陪他玩玩。

　　时间过得飞快，庆功宴如约而至。群臣两侧端坐，曹操稳居中席，黄宣二人陪列左右，许褚、张辽、曹仁也在席间。

　　一派歌舞升平，群臣觥筹交错。而志得意满的曹操，在酒过三巡后已醉眼蒙眬，起身与舞女嬉闹起来。见时机成熟，与宣言对视一眼后，黄飞准备上前奏报。

　　没想到有人抢在他前面起身拱手："禀报丞相，目前大军已回邺城安顿，战俘营中战俘已无用处。不如将其释放，以彰显我大汉丞相广施仁义。"

　　二人大惊过后很快醒悟过来：张辽公然捋虎须，显然是为了替黄飞冒死。没想到当初一口拒绝的他，在不知道两人计划的情况下，竟能如此侠肝义胆、慷慨仗义。这就算是生死之交了吧？

　　许褚听罢吓得汗都滴下来了。

　　曹操松开怀里的美女，向张辽摆了摆手："文远不知我心矣！我不杀他们已是仁德，怎能释放？休要再提！今日高兴，不提政事。众将只管喝酒，不醉不归。"

　　"没有摔杯，也没有骂人？人头落地的危险就这样躲过去了？

脑洞三国

看来曹操现在心情大好。而且，他向来不看重这些战俘，就算有人偷偷放了，应该也不会重罚。"黄飞在心里盘算着。

A 计划失败，该启动 B 计划了。

不出所料，曹操很快提议玩行酒令，并定下规矩，唱者助兴可不喝，不唱者罚酒。

张辽的奉承话张口就来："丞相满腹锦绣文章，我等岂不醉死？"

曹操大笑，转身望向黄宣二人："两位太常以为如何？"

宣言见猎物上钩，心中窃喜，抬手作揖道："黄太常素来羡慕丞相锦心绣口，不知今日是否有机会让他先来献丑？"

曹操被恭维得眉开眼笑："黄太常以身试药，乃我军大胜首功之臣。今日尽情发挥，我必不拦阻。你唱多少，我喝多少。"

说罢，曹操拿起酒杯一饮而尽："我先抛砖引玉，待太常略作准备。"

乐声响起，曹操缓缓吟诵道：

"对酒当歌，人生几何！譬如朝露，去日苦多。

慨当以慷，忧思难忘。何以解忧？唯有杜康。

青青子衿，悠悠我心。但为君故，沉吟至今。

呦呦鹿鸣，食野之苹。我有嘉宾，鼓瑟吹笙。

明明如月，何时可掇？忧从中来，不可断绝。

越陌度阡，枉用相存。契阔谈宴，心念旧恩。

月明星稀，乌鹊南飞。绕树三匝，何枝可依？

山不厌高，海不厌深。周公吐哺，天下归心。"

曹操的文采不逊于建安七子，一首《短歌行》，既豪迈又感人，不仅对时光易逝、贤才难得再三咏叹，抒发了自己的求贤若渴，也流露出一统天下的雄心和自强不息的壮志。

"丞相的歌太好了！老许是粗人，只会饮酒，丞相唱得好，老许就喝得多！"许褚说罢举起一个巨大的酒坛子，冲着自己的脸猛灌。

众人纷纷响应，大口喝酒。

"黄太常，献歌一首？"曹操没有得意忘形，还记得来催黄飞。

酒后陪领导去 KTV 唱歌这种事，黄飞其实全无经验。他现在只知道按计划行事，尽量多唱几首，最好能让座上的众人都醉倒。

"丞相好文采，飞自愧不如，实在不敢班门弄斧……"黄飞先谦虚了一下。

"诶！太常要是不唱，就是不给在场诸君面子。"曹操假意生气。

此时，张辽、曹仁醉意正浓，端着酒盏，在黄飞面前摇摇晃晃地转圈跳着舞，还不忘起哄："太常唱！太常唱！"

"好吧，我就唱我们村里流行的歌，想必无人听过。唱得也和丞相没法比，只为博将军们一乐。"黄飞说罢让自己带来的乐师开始奏乐，歌声随之而起：

"不是英雄不读三国。若是英雄怎么能不懂寂寞。独自走下长坂坡，月光太温柔。曹操不啰唆，一心要拿荆州。用阴谋阳谋，明说暗夺淡泊。

英雄辈出是三国，烽火连天不休。儿女情长被乱世左右，谁来煮酒。尔虞我诈是三国，说不清对与错。纷纷扰扰千百年以后，一切又从头。"

一曲唱罢，宴会上如死灰一般寂静，所有人各怀心事，都瞪大眼睛看着黄飞，。

"什么三国，明明只有大汉！"

"还敢提丞相名字，虽然是赞颂，但也太明目张胆了。"

"好端端的庆功宴，丞相不会又要杀人吧？"

"好，大气！"曹操居然叫好，"太常把我的心声都唱出来了，深得我心，我先自饮一杯敬太常。"

群臣当然唯曹操马首是瞻，宴会上爆发出热烈的掌声。

"唱得好，写得也好，不愧是才子！"

"文武双全，真是人中龙凤，一代天骄……"

黄飞在心里虔诚地向歌手JJ林俊杰致谢。JJ本人一定想不到，自己的作品回到千年以前，竟然能得到曹操的欣赏。

原来这样就能过关。黄飞从大学时代开始唱K，是出了名的麦霸，和古人PK太轻而易举了。

接着奏乐接着舞！

"是谁偷偷偷走我的心，不能分辨黑夜或天明……"

"是你是你，身后的青春都是你。绘成了我的山川流溪，为我下一场倾盆大雨，淋掉泥泞，把真的自己叫醒……"

"因为在一千年以后，世界早已没有我。无法深情挽着你的手，浅吻着你额头。别等到一千年以后，所有人都遗忘了我。那时红色黄昏的沙漠，能有谁解开缠绕千年的寂寞……"

……

黄飞一发不可收拾，一首接一首地唱，众人一盏接一盏地喝，最终——醉倒。

混在人群中的宣言，见张辽已醉得人事不省，快速搜到随身令牌，来到战俘营传令释放东吴战俘。

婉盈得救了。临别之时，二人依依不舍。婉盈拉着宣言的手，久久不肯离去。

"快走，快走，勿忘为我和先生祈福。"宣言知道，只有这样说才能让婉盈有求生的动力，毕竟她刚刚失去相依为命的母亲。

婉盈含泪转身，顿了顿足，和毛儿一起踏上归途。

曹营里，仿佛有种默契，没有人再提释放战俘的事，甚至没有人再提战俘。

三日后，曹操在丞相府召见张辽："战俘都放了吗？"

张辽道："放了一大半。还有一半竟然不肯走，认为我汉军骗人，会在半途坑杀他们。"

"既然他们张口闭口提坑杀，那就坑杀！都是老弱病残，勿耗费军营口粮！"曹操心中起了恶念。

"医生毕竟是医生，下九流之辈而已，最多能看看病。说起运用谋略、玩弄心机，岂是我等对手？"曹操语带轻蔑。

"这收心之计甚妙，既显出丞相待人宽厚，又给足两位太常面子。"张辽面带谄媚之色，"两位太常日后必肝脑涂地，以报丞相大恩。那些逃回去的战俘，已见识过我大汉风采，无论是邺城的繁华，还是军容的齐整，都非东吴可比。他们定然四处传颂丞相恩德，进而扰乱孙权军心……"

"攻城为下，攻心为上。"曹操此刻踌躇满志，"这天下，早晚是我的！"

曹操将计就计，张辽参与设局，黄飞和宣言完全被蒙在鼓里。

"婉盈和毛儿都活了下来，那些战俘也都得救了。"黄飞掩饰不住内心的激动，"看来，我们的努力的确可以让历史有一些些改变。"

宣言也很兴奋："那我们就努力让这里变得更美好吧。只要能影响曹操，就可以让他少杀许多人。如果他变好了，我们就助他早日统一各国。以后就不会有屠城，他也不必再滥杀无辜了。"

"曹操被称为治世之能臣，乱世之奸雄。这至少说明，他是一个非常有能力的人，只是喜欢杀伐，做事不择手段而已，所谓'宁可我负天下人，不可天下人负我'。如果我们真能一点点改变他，让他爱护天下子民，施行仁政，他也许会变成一个真正的英雄。如若这样，中国历史将被改写，我们这次来三国也算没有白来。"使命感在黄飞的内心升腾。

"对于曹操，我们要攻心为上。"宣言道。

黄飞点头称是。

令黄宣二人喜出望外的是，事情的发展比他们想象的更快。两天后他们就得到了曹操的单独召见。

因为，双方的心思不谋而合，都是"攻心为上"。

第十九章

攻心

曹操将二人召至铜雀台，孤身一人来见。

曹操面色和蔼："两位太常发明'青蒿一号'，治好军中疟疾，使我军度过困难时期，得以军威大振，顺利凯旋。如此大功，自当重赏。除授予两位太常官职外，我欲再赏赐府邸一座，各赐美女百名。两位太常以为如何？"

面对突如其来的奖励，黄宣二人有些惴惴不安，不理解曹操葫芦里卖的是什么药，为何在封官之后还要再次赏赐。

曹操又道："宣太常，元让有一小女，名唤夏士莲，生得美丽动人、风姿绰约。此女钦慕太常许久，有意结缘。不如两家联姻，由我奏请皇上赐婚如何？"

黄飞心里暗笑：原来夏侯惇的女儿叫夏士莲，这款洗发水不知宣言是否满意。

宣言一听就慌了："谢丞相美意。我二人醉心医术，不好女色，实在不想婚配。还请丞相帮忙婉拒夏侯大人及千金。一百名美女我二人也无福消受。这宅子嘛……"

"一百名美女就这样没了？"耳畔传来黄飞悠悠地轻叹，宣言微微侧头狠狠瞪了黄飞一眼。

曹操竟颇为随和："既然如此，也不强人所难。那就赐府邸一座、黄金千两。两位太常可有其他要求？"

黄飞想抓住这个气氛融洽的机会："我等只愿丞相减少对战俘的杀戮，广施仁德，让四海归服丞相。"

曹操不置可否："四海尚未归一，东有孙仲谋，西有刘玄德，皆虎视眈眈。两位太常可愿助我一统天下？"

"不知丞相有何筹划？"黄飞问道。

"疟疾让我军遭受重创。两位太常手中握有解药'青蒿一号'，能否反其道而行之，研制出诱发疟疾的专用药物？名字我都想好了，就叫'瘴疟一号'。对东吴和汉中施用此药，再借江水或蚊虫扩散疫病。届时只有我方有解药，那敌方岂不溃不成军，其城池岂不不攻自破，孙刘岂不只能俯首称臣？"曹操似乎早已胸有成竹。

脑洞真大，这不是要使用生化武器吗？手段何其毒辣！近现代启用细菌战大规模杀伤军队和百姓的是二战中的日寇，曹操这思路，领先了他们一千多年！以大规模死人为代价换取胜利，和法西斯有什么区别？奸雄曹操，名不虚传。

黄飞强忍胸中愤懑，看了一眼宣言。宣言摇摇头，示意他不要轻举妄动。

"丞相！"黄飞郑重其事地拱手施礼，"我等是医生，只研究救人的方法，从未习得杀人的本领，对研制'瘴疟一号'属实无能为力。还请丞相另寻取胜之道。"

曹操皱了皱眉头："哦，太常是果真不会，还是另有考量？"

"丞相，这'瘴疟一号'若真的问世，江南及汉中百姓必病亡无数。他们也都是爹生娘养，好不容易拉扯大的。同为大汉子民，丞相当一视同仁地爱惜。天下归心，统一才能指日可待。"宣言忍不住说出了心里话。

"还请丞相日后不要再屠城或者杀降，善待投诚的敌军方能匡扶人心，四海归一。"黄飞索性也一吐为快。

"哈哈哈哈哈！"曹操大笑道，"原来你们是来劝我不要屠城和杀降的。征伐对我军消耗巨大，若攻城后不烧不抢，士兵们怎会拼命向前？"

黄飞再次拱手："丞相可以按军功赏赐，军士一样奋勇向前。我和宣言发明青蒿一号、二号，一是为了立军功，二是为了有利于国家，从来没想过用它去东吴抢劫、杀戮百姓。丞相若放纵士兵滥杀无辜，只会让民怨沸腾，给新城统治平添困难。"

曹操道："那刘玄德、孙仲谋兵民不分，许多人貌似百姓，实则举刀杀我士兵，我若不屠城，怎么做到斩草除根？我定规矩——围而后降者不赦，乃是为了立威于天下。如此天下威服，才可谓不战而屈人之兵。那年我带兵南下荆州，刘琮举荆州之兵来降，就是畏惧落个围而后降者不赦。我汉军才能不费一兵一卒得荆州全境。"

宣言马上找到逻辑漏洞："敢问丞相，攻城时遇到的是投降的多，还是反抗的多？如果颁布'围而后降者不赦'后还是反抗的多，那这种威吓又有什么意义？真正的不战而屈人之兵乃是用智慧和仁义令百姓拜服，让其甘愿追随。"

曹操自然不会轻易被说服："乱世之道，乃是用武力说话，战场上打不赢，怎么讲仁义都是空的。说到屠城，难道董卓、孙仲谋不屠吗？两位太常为何不劝他们？"

黄飞道："因为我们认定丞相是一代明主。别人杀人，独丞相爱人，百姓自然归服。只有爱惜天下人，才能让天下归心。"

曹操的执念很深："我爱惜天下人，天下人未必爱惜我。多少人要将我杀之而后快，与其坐等天下人负我，不如我先负天下人。这打仗，哪有不死人的？为了天下一统，蝼蚁之辈，死不足惜。黄太常做手术，难道不用挖肉补疮吗？"

黄飞道："我挖的都是烂肉。如果是好肉，我分毫不弃，力求保全。人命至贵的道理，还请丞相三思。"

一时间无人开口，铜雀台突然安静下来。曹操紧紧盯着二人，宣言感觉到后背有汗珠滚落，不敢回望。黄飞不想输在气势上，只好强装镇定，努力保持和曹操的对视状态。

"罢了罢了，今日不再谈论政事。"曹操原来另有所求，"我这头风之痛最近又犯了，一个自称华佗的老医生请愿进宫诊治，言称我脑内有风涎，需开颅将风涎取出，病根方能除掉。我犹豫不决，特来请教两位太常。那华佗老儿所言是否属实？"

华佗来了？开颅治病是真的？黄宣二人内心掀起波澜。

"两位太常以为如何？"曹操见二人目瞪口呆的样子，又问了一遍。

黄飞的大脑开始高速运转：莫非曹操在试探我们？华佗并没有来，曹操在信口开河？可他为什么要捏造事实呢？而且捏造的和书上写的一模一样。历史上曹操约莫就是在这个时期杀死华佗的。看来这个华佗应该是真的。若是真的，我岂不是要救华佗？

如果华佗为真，那他身处险境，我岂能为保全自己的性命而作违心之论？我定要站在科学的立场上仗义执言，救我中华外科之祖师爷。至少见一眼真华佗，才不枉我来三国走一遭。

如果华佗为假，那就是曹操存心编故事来试探我们，证明曹操从未曾信任过我们。无论我们说什么，都没什么好下场。这样的话，不如照实说，还能求个心安理得。

黄飞正犹豫间，宣言先开口了："丞相，我等要先见一眼华佗，才知此人是真是假。我们以前也曾寻访过他，但找到的都是假华佗。"

曹操阴森森地回道："那华佗老儿已被我打入死牢，等候处死！"

"丞相不可杀。"宣言一听真有此人马上急了，"如果是真的华佗，那岂不是错杀良医？"

二人心有戚戚，黄飞欣慰地看了一眼宣言。

"哦？"曹操脸色愈发阴沉，"宣太常认同华佗的观点，开颅可治我的头痛病？"

"丞相，开颅治病确有此事。"黄飞站了出来，"当年许褚在赤壁受重伤，就是我们开颅治好的。后来回到邺城，我们再次开颅，帮其复位颅骨，才使其重返战场为丞相效力。"

"黄太常也同意华佗的观点，开颅可治我头痛病？"曹操的语气里似乎能听出一丝动摇。

"确实可以，只是仅凭本人的医术尚无把握。如果华佗神医亲临，则胜算很大。"黄飞道，"还是希望丞相让我们见见华佗，一试真假。"

"荒唐！"曹操厉声道："现已查明，华佗乃是伏完、伏氏一党，密谋害我性命。他假借开颅治病，实则欲取我头颅。我不杀之，情何以堪？"

黄飞知道曹操与伏家仇怨颇深，听罢顿时冷汗涔涔。

攻破孙权江西大营后，曹操权倾朝野。献帝、伏后与国丈伏完密谋，欲除曹操。伏完胆怯，未敢有所举动。其逝后密谋一事泄露，曹操诛杀伏氏一族。

"你等竟然替乱党说话，还想与乱党见面。到底是何居心，难道想私通信息？"曹操怒摔酒杯。

一群刀斧手立刻冲上大殿。

黄飞心中一凉：原来曹操早有布置。如此提防，看来曹操从来都没有信任过自己。今日召见，不为赏赐，不为'瘴疟一号'，更不为探讨如何平定天下，从头到尾只是为了试探。而自己和宣言身在局中竟不自知，何其鲁钝！

"我们根本不认识华佗，更不知道什么伏完、伏氏，何来乱党之说？"黄飞反驳道。

"你二人来历不明，为何弃东吴投奔于我？在军中假借治病之名建立威望，不仅让大量士兵将自己奉为神明，更把我麾下大将曹仁和许褚哄得鬼迷心窍。"曹操拍案质问，"难道要将我汉兵变成黄巾军吗？"

原来曹操对自己早已心生疑惧。是从哪天开始的？大军齐声高呼华佗的那天？难道"华佗"这个名字，真的会给自己招来杀身大祸？黄飞不禁思索。

"我们从未有过任何违逆的想法，只愿丞相早日统一天下，施行仁政，爱护子民，兴我中华。"宣言备感冤屈。

曹操轻蔑一笑："世人追随我，皆图荣华富贵、封侯拜相。你二人不求名利不喜女色，口口声声苍生黎民，才是最可疑之处。"

黄飞心中一叹：是啊，世人都爱金钱美女、功名利禄。自己在上海，在中华医院，何尝不是这样？每次奖金少发一点儿，都要去财务处闹一闹。只不过现在身在三国，一直觉得自己不属于这个世界，才能置身事外、看淡名利。熙熙攘攘皆为利来，熙熙攘攘皆为利往。如果不是穿越而来，自己十有八九也会加入这洪流。真若如此，也就能取得曹操的理解和信任了。

可是，该怎么告诉他呢？就算告诉他，他会相信吗？

一番唇枪舌剑，双方谁也没说服谁。这次铜雀台的"攻心之战"，双方都以失败告终，可谓两败俱伤。

曹操把黄宣二人关进新建的宅邸，派重兵看守，美其名曰"太常闭关钻研长生不老之术"。

不过，黄宣二人至少猜对了一点：他们在军中已有很高的威望，并且刚刚受到封赏，曹操不敢立即杀了他们，怕引发朝令夕改的非议，也怕动摇军心。只能先行软禁，以观后效。

深夜，黄飞和宣言在府中闲聊。

黄飞问道："你说，我们穿越到这里到底是来干什么的？我原以为通过自身的努力可以改变历史，可以影响曹操，看到一个更好的中国。现在看来，我们一直在曹操的局中，曹操也从来没有相信过我们。曹操根本不可能为我们而改变。那些被我们所救的人，可能本来就不该死。"

　　宣言想得比较实际："我现在只想知道，那个关起来的华佗到底怎么样了？到底有没有这个人？是曹操编出来骗我们的？还是，我们就是被他杀掉的那个华佗？"

　　说到这里，宣言毛骨悚然，自己把自己吓哭了。

　　黄飞宽慰道："我觉得应该不是我们。历史记载华佗是一个人，而我们是两个人，出入太大了。"

　　宣言心情并没有变好："那我们被关在这里，接下来怎么办呢？"

第二十章

小三

遭软禁的日子非常难熬。黄宣二人每日只能在府里打转，不能踏出府门一步。

许褚打仗归来，在路上即得知了一切。他一到邺城，就马不停蹄赶来探望。虽然所有府门都由曹操的亲信把守，但许褚却可以进来，毕竟是虎卫军统领，还是有些特权的。许褚劝二人要有耐心，自己定会尽早求见曹操，帮二人探探口风，说说好话。

"两位太常能否服个软？不就是瘴疟一号嘛！当着丞相的面先应承下来，何时能做出来就是后话了。"许褚说得头头是道，"丞相要的是你们的忠心，肯一心一意帮他做事。他在外说的可都是你们的好话。要不是他说你们是天神下凡，士兵们怎么会相信你们有三头六臂？"

黄飞这才醒悟，原来他们是曹操刻意造的神。他这样做可谓深谋远虑，表面上是为了让二人帮自己做事，更深层次是想通过牢牢控制二人，将二人的光环变相转移到自己身上。

"我们只想一心一意辅佐他成为一个仁君，而不是嗜杀成性的狂魔。"宣言向许褚坦白。

黄飞也只能反复叮咛："我们被关在这里不要紧，老许有机会一定要劝劝丞相，切勿再毫无节制地杀人了。徐州、邺城、柳城、彭城、睢陵、夏丘、襄贲，他屠的城还少吗？多少无辜的人命丧黄泉……"

许褚知道自己无能为力，不敢接话。为了化解尴尬，他拿出一个包袱来："别说这些扫兴的了。看，我给你们带来了什么！"

黄飞定睛一看，竟然是自己当年送给张仲景的全套手术工具。

"老许，这是从哪里得来的？"宣言问道。

"我汉军最近攻破长沙。在进入张仲景府邸时，听说有个镇宅之宝。士兵献上来我一看，竟是太常惯用的工具，就一直把它带在身边，想着你们必定喜欢。"

"那张仲景怎么样了？"黄飞急切地问道，"张家的其他人呢？"

"这……"许褚像是不知道该如何回答。

黄飞一把揪住许褚的衣领："你们是不是把那一家人全杀了，是不是又屠城了？"

"不不不！"许褚大叫，"先生有所不知，汉军进城之前张仲景已不知所终。"

"那张家其余一百多口人，都被你杀光了？"黄飞怒不可遏。

"先生少安毋躁。如遇反抗，我们确实会……当时也不知道先生竟然会认识张家人，如果知道就……"许褚支支吾吾起来。

可怜的张仲景，医术高超，救人无数，最终却落得个灭门惨剧。他将黄宣二人赠送的手术工具当作镇宅之宝，而屠戮其全家的刽子手，竟然是黄宣二人用同样的工具亲手救活的。

黄宣二人此刻心灰意冷：原来费尽心机搭救的，不过是残忍的刽子手，冷血的恶魔。我们这岂不是在助纣为虐？

黄飞双目垂泪，对许褚拳打脚踢："你这个刽子手，给我滚。你们就是赢了天下，也不是人民的军队！"

许褚不敢跟二人来硬的，踉踉跄跄地被打出府门，逃跑路上还在喃喃自语："军队能听懂，但什么是人民？"

随从的士兵也跟着仓皇而逃，心中不解侯爷今天为何脾气如此之好，竟然听任一个医生肆意打骂。

许褚离开后，黄宣二人相顾无言，心如死灰：一直以来，根本不存在穿越回来的意义，有的都是错觉和自欺欺人。希望破灭。前进的动力已荡然无存。

两人现在甚至连医生的工作都不想继续做了。

"还是在上海忙忙碌碌地上班最好。"宣言低声饮泣，"至少可以麻醉自己！"

"可是我们怎么才能回去呢？"黄飞挠挠头，"至今也没找到门道。"

"实在回不去，就逃到乡下隐姓埋名，别再掺和这些破事了。"宣言对尔虞我诈极度排斥。

"是的，先找个地方安顿下来。有时间就著书立说，尽可能把我们懂的医术传下去。"黄飞满怀萧索，"我们注定改变不了任何人，更别说改变历史了，我们只能改变自己。"

两人日复一日地被困在这里，一天比一天消沉。豪宅，锦衣玉食，神医名望，万民传颂，曾经梦寐以求的一切，此刻都拥有了，但失去希望的两人，感受到的不是满足，而是无尽的苦涩和茫然。

　　宣言抑郁成疾，竟然发起高烧来。府中一时找不到对症的药物，黄飞心急火燎地想出去买药，竟忘记了府门已被封禁。

　　一个把守的士兵横刀拦阻："没有丞相手谕，不得出门！"

　　"宣先生高烧不退，府中缺药，如果不让我出去，你们就快去替我买药！"黄飞心急如焚。

　　"让我们买药也要报洪将军批准。"

　　"时间紧迫，速速请示。"

　　"洪将军外出议事，不知何时返回，你就等着吧。"

　　"岂有此理？宣言要是高烧不治，你们谁负责？"黄飞此刻已面红耳赤。

　　"我等只为丞相负责，他高烧关我等何事？"士兵不为所动。

　　"你们……太过分了！"黄飞感受到了虎落平阳被犬欺的无奈，"我要见丞相！"

　　见黄飞要硬闯，说话的士兵使劲一推，黄飞一下子飞出去好几米，重重跌落在地。黄飞毕竟只是个读书人，也没有练过武，哪敌得过五大三粗的职业士兵。黄飞挣扎着爬起来时，看到地上有一个玉佩。这是诸葛亮在赤壁之战临别时所赠，黄飞一直把它带在身边。

　　士兵们看到黄飞如此狼狈，纷纷出言讥笑。

　　黄飞刚将玉佩拾起，正要冲上去和士兵们理论。门外不远处有一个声音传来："住手！你们在干什么？"

　　黄飞循声望去，一个将军打扮的人从对面走来。此人就是洪将军，府中禁军总管。

　　所有士兵立即下跪行礼。那个对黄飞动手的士兵突然用手捂着脖子，像是喉咙被噎到喘不过气来，脸涨得通红，嗓子"咿咿呀呀"地发出行将断气的声音。

　　这是怎么回事？众士兵都慌了手脚。

　　"是不是梅子核？"一个年轻士兵提醒，"他刚才在吃梅子。大笑的时候见将军来了，猛地下跪，可能喉咙被卡住了。"

　　此时，那个士兵的脸色由红转白，很快又开始发紫了。情况紧急，看样子随时要出人命。

　　"海姆里克急救法！你们听我的！"黄飞说着快速来到其身后。

　　黄飞先以前腿弓后腿蹬的姿势站稳，然后让士兵坐在自己弓起的大腿上，保持身体略前倾。接着将双臂从士兵两腋下穿出，呈环抱姿势。左手握拳，右手握住左手手腕向内收，使左手虎口贴在士兵胸部下方、肚脐上方的上腹部中央。准备就绪后收紧双臂，用左拳朝上腹部方向发力猛压，迫使上腹部向内凹陷。

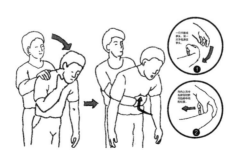

如此反复按压多次后，士兵终于"啊"的一声，吐出一个格外大的梅子核。

士兵获救后，先是大口喘气，气息稍匀就立即向黄飞下跪："多谢恩公救命。"其他士兵也跟着下跪。

洪将军作揖道："先生之医术医德，我等深为拜服。"

黄飞赶紧让众士兵起来："没时间了，快放我出去买药。"

洪将军道："我们感激先生不计前嫌仗义出手，但先生莫要为难我们。放先生出去，我们死罪难逃。先生请写下药方，我立即派人火速抓药。先生放心，莫说买药，就是上刀山下火海，我等也在所不辞。"

黄飞见只能如此，立刻写好药方交给士兵。

洪将军接着问道："有一事不解。先生方才使用的武功，叫海什么法的，我等是否也可以修炼？"

"海姆里克急救法，人人都可以修炼。"黄飞起初觉得有些啼笑皆非，转念一想，在三国普及此法，善莫大焉。

这个急救法是医生海姆里克先生发明的。他应用此法成功抢救了一名因食物堵塞呼吸道而发生窒息的人，此法从而在全世界被广泛应用，拯救了无数人的生命，其中包括美国前总统里根、纽约前市长埃德、著名女演员伊丽莎白·泰勒等。此法也被人们称为"生命的拥抱"。"

"我们可以将人的肺部设想成一个气球，气管就是气球的气嘴儿。假如气嘴儿被异物阻塞，可以用手捏挤气球，气球受压后球内空气上移，从而将阻塞气嘴儿的异物冲开，这就是海姆里克急救法的物理学原理。急救者环抱遇险者，突然向上腹部施压，迫使其凹陷，膈肌随之突然上升，这样患者的胸腔压力会骤然增加。由于胸腔是密闭的，只有气管一个开口，故胸腔包括气管和肺内的气体就会在压力的作用下自然地涌向气管，每次冲击将产生 450 到 500 毫升的气体，从而有可能将异物排出，恢复气道的通畅。"

所有人听得目瞪口呆，因为完全听不懂，有些人甚至听着听着睡着了。

黄飞知道自己讲的知识超纲了，只能找补一下："急性呼吸道异物堵塞在生活中并不少见。由于人在气道堵塞后无法进行呼吸，故可能因缺氧而意外死亡。不如我将这套方法教给大家，以后没准儿能用上。"

大家虽然听不懂，但对于学习能救人命的功法还是非常感兴趣的。

此后的几日，黄飞开始教守卫士兵包括海姆里克急救法在内的一些简单的急救方法。宣言的身体也逐渐康复。随着接触越来越多，双方的关系也慢慢发生了变化，从最初的监视和被监视，发展到心甘情愿地互相帮助和彼此尊重。

一日晌午，黄宣二人一如往常等着丫鬟来送饭，但等来的竟然是洪将军。

二人大惑不解，只见洪将军将门窗紧闭，扑通一声跪倒在地，哭着央告："先生，军师求您速救我家君侯。"

这是怎么回事？什么君侯，什么军师？难道……一个时常念叨的名字卡在黄飞嗓子眼里，呼之欲出。

"正是诸葛军师。"洪将军似乎听到了黄飞的心声。

"诸葛亮吗？"黄飞还是有想不明白的地方，"你……不是曹操麾下的将军吗？"

难道这又是曹操设的什么局？黄宣二人一朝遭蛇咬，十年怕井绳。

"先生有所不知，我乃诸葛军师手下，姓洪，名小三。"洪将军坚定的眼神中透出一丝骄傲。

黄飞和宣言对视一眼，嘴角同时微微翘起。二人初识吕蒙时，他自称吕阿三，如今又多出一个洪小三。

"我潜伏在曹贼身边已十余年，从未收到重要的行动指令。直到最近，军师托人送信，命我暗中保护二位先生。"洪小三的脸上洋溢着被委以重任的满足感，"军师还特意叮嘱，透露身份时一定要对先生说出——天王盖地虎，宝塔镇河妖。"

这句话出自现代小说《林海雪原》，是土匪接头用的暗号，三国时期的人是不可能知道的。黄飞当年有些戏谑地将这句话说给诸葛亮，没想到真能派上用场。

黄宣二人大惊。想不到诸葛亮竟然能在曹操的亲信中安插了自己的人。更想不到，这个人如此受曹操信任，被委以软禁二人的主管之责，诸葛亮的情报工作真是了得。

黄飞相信了小三，连忙扶他起来："军师要我们救的君侯是谁？"

"汉寿亭侯，前将军关羽。"小三道。

宣言心头一动：这次难道能见到关公本尊？要知道，直到二十一世纪，关二爷在民间依旧香火旺盛。

"我一直不敢确认先生是不是军师要找的人。直到前些天见到先生在与士兵争执时掉下的玉佩，此乃军师之物，我一眼就能认出。军师曾和很多人说过，先生有一颗仁心。我亲眼所见，先生以德报怨，救人于危难之中，才确信我要找的必是先生无疑。小三带二位先生出去，劳请二位解救我家君侯于危难。"

黄飞随即问起关羽生病的缘由。

小三道："君侯被流矢贯穿左臂。后创虽愈，然每至阴雨，骨常疼痛。近日来疼痛加重，左臂肿胀发热，绵软无力。请多位大夫看过，个个都说必须斩断手臂。君侯何等身份，岂能如此对待？军师心急如焚，四处传令火速找到先生。从军师发令至今已半月有余，也不知君侯此刻安危。君侯是小三全家的救命恩人，小三发誓必报大恩。今日冒死相认，还望先生成全。"

"岂不是要刮骨疗毒？这不是华佗的手笔吗？为什么不请华佗去医治？"宣言脱口而出。

"华佗？"小三疑惑道，"二位先生不就是军中华佗吗？"

二人哭笑不得，只能在心中咒骂曹操。

"先别说了，赶紧想想逃出去的办法。"黄飞对此早已绞尽脑汁，却始终一筹莫展。

第二十一章

锦囊

逃出软禁的府邸不难，小三就是负责守卫的总管。只要黄宣二人乔装打扮，不被人轻易认出，小三就可以安排二人出府。

但逃出邺城很难。邺城是曹操的根据地，要经过重重关卡和层层盘查才能出去。曹操既已软禁二人，势必会提前交代各关卡要重点关注疑似二人的形迹可疑者，一直不被认出很难。

小三道："军师发令时附赠两个锦囊，嘱咐我相认时打开第一个，无路可走时打开第二个。何不先打开第一个锦囊？军师一定在其中写好了营救之法。"

黄飞大喜："诸葛军师的锦囊妙计，天下无人不知。"

宣言也大为好奇，终于要见识帅哥孔明的锦囊妙计了。

小三打开了第一个锦囊，上面写着几个字：双层棺木。

黄宣二人看得一头雾水，只能面面相觑。

小三先是愣了一会，随即一拍大腿："瞒天过海，军师妙计！"

见黄宣二人不解，小三连忙解释。原来双层棺木是诸葛亮亲自设计的运人工具。上层装真正的死人，下层留有气孔，用来装活人。如遇开棺检查，打开棺木让检查者看见上层的尸体即可。尸体腐化，恶臭难闻，检查者必不会细查棺木是否另藏机关。黄飞和宣言只要在通过关卡前一刻各自躺入一具棺木的下层，便可蒙混过关。

"军师下令打造双层棺木已有数年，我等一直不明原因，想不到果然有大用。军师深谋远虑，实非我等可以揣测。"小三兴奋的眼神中写满了对诸葛亮的崇拜。

"关将军病情紧急，事不宜迟，要不尽快安排，明日就走？"黄飞道。

于是，三人第二日趁着夜色，逃出府邸。

为保证出逃七日内不被发现，小三走时还特意向属下留话：两位太常闭关七日，研究长生之法，不食不饮，不许打扰。

逃出府邸后，小三召集十几个亲兵，穿着军服，一道运送棺木出城。双层棺木果然有用，躲过了重重关卡，顺利出城。

第一个锦囊生效。

此时关羽身在荆州。从邺城到荆州，如走大路，最快的马车也要半月以上行程。小三找到一条小路，快马七日就可到达。这条小路当年被曹操用来从邺城发兵奇袭荆州，统治荆州的刘表之子刘琮措手不及，只能献城投降。

众人依旧穿着曹军的军服，沿着这条小路奔向荆州。

"想不到出逃竟然如此顺利。"黄飞高兴道，"诸葛孔明神机妙算，果然名不虚传。"

"小三功不可没。曹操再谨慎小心，也想不到自己身边竟有卧底。"宣言庆幸不已。

然而，乐极往往生悲。

一日众人途经葫芦口，这是走小路赶往荆州的必经之地。山路狭窄且险峻，仅一人能堪堪穿行，两侧高崖绝壁，飞鸟难觅踪影，人迹更是罕至。此处用来伏击，再合适不过。

道路险阻，人马不自觉地都放慢了脚步。

突然，一阵乱箭从天而降。小三高呼"保护先生"，众士兵立刻竖起盾牌将黄宣二人围在中央。

紧接着，从山上杀下来一群山贼，约莫两百人，个个凶神恶煞。那领头的提着大刀，厉声喝道："今日休想活命，此处就是你等葬身之地！"

十几个人对付两百多个悍匪，必是寡不敌众，黄宣二人心中一凉。

小三却毫无惧色，拔刀指向敌人，向身后高呼："兄弟们，今日就是我等为汉室尽忠之时。以死相搏，保护先生，不负军师所托。杀！"

喊杀声响彻山间，大战一触即发。千钧一发之际，宣言连忙提醒："小三，别忘了还有一个锦囊。"

军师交代过，第二个锦囊在无路可走之时开启，此刻岂非正是如此？

小三拍了拍脑袋，赶紧打开第二个锦囊。里面有一张纸条和一封书信。纸条上只有三个字"信许褚"，信封上写着"仲康亲启"。

众人都知道仲康是许褚的表字。可许褚此时尚在邺城，这荒山野岭，哪里去找许褚。这个锦囊毫无用处，看来诸葛孔明的神机妙算这次也要失灵了。

黄飞几近心死：难道今天我等真的要命绝于此吗？

就在此时，一个熟悉的声音传来："太常，许褚来也！"

许褚真的来了，还带着一百个宿卫虎士，仿佛神兵天降一般出现在葫芦口。

黄飞此刻浮想联翩，甚至怀疑许褚也是诸葛亮的人。但很快他就放弃猜测了：三国这些战略家的谋略之深，岂是自己一个区区小医生能参透的。还是不费脑子猜谜了，静观其变吧。

"我看谁敢动太常一根汗毛？"许褚怒目圆睁，吓得几个强盗不由自主后退几步。

山贼人多势众，宿卫虎士坚甲利刃，双方各有忌惮，谁也不敢先动，只能僵持在那里。。

"请侯爷看信！"小三想起军师的信来。

许褚拆开信后只匆匆扫了一眼，就将信藏进怀里，然后大声喝道："大胆山贼！我刚接到丞相书信，信中提到，他派二位太常赴仙岛求药，命我前来保护。尔等竟敢在此拦劫，公然与丞相作对。宿卫虎士听令，守护太常，将贼寇斩尽杀绝，一个不留。"

刹那间整个葫芦口喊杀声此起彼伏，宿卫虎士和小三的人马一起杀向山贼。刀光剑影之间，一个个身躯倒下，血肉横飞，尸横遍野。黄宣二人虽有重重保护，但仍然看得心惊胆战。

山贼人数虽多，但完全不是宿卫虎士的对手，于是很快全军覆没，仅剩山贼头目一人。

眼见死到临头，山贼头目稍加思索即跪地求饶：“侯爷饶命，我等是丞相派来的，在此伏击太常。我等是汉军，太常叛逃蜀国，他们才是反贼。不信，侯爷可绑我回去向丞相求证。”

说罢，山贼头目撸起袖子，露出手臂上的蝙蝠图案。这正是曹操军队的专属记号。

一看真是自己人，许褚有些犹豫，不自觉地望向黄宣二人。

见二人还在愣神，许褚咬牙顿足，似乎已有决断：“大胆山贼，为求苟活，竟敢冒充汉军，罪该万死！”

说罢一刀结果了山贼头目。

瞬息万变，黄宣二人早已晕头转向，竟忘记问许褚因何在此。

直到许褚主动开口，谜题才揭晓：“今晨我在城外练兵，突然有一箭缓缓飞来。我伸手接箭，才看到箭上的书信，信中写着‘葫芦口，太常危险，提兵营救’。我不知真假，又担心来晚，只好匆匆带了一百亲兵过来，甚至都没来得及到你们府里查证。好在来得还算及时。”

听到此处，黄飞已大致猜出，这送信之人十有八九是诸葛亮安排的。

“老许，幸好你及时赶到，要么我们俩就一命呜呼了。”黄飞不禁落泪，既心存感激，也不忍离别。

许褚将黄宣二人拉到一边：“两位先生此去，不知何时才能相见。老许，老许……”许褚虎目圆睁，泪水仍不争气地划过面颊。

黄宣二人百感交集，一时竟无语凝咽。

许褚凑近一步，对二人耳语道："丞相已起杀心，切莫回去。今后江湖再见，二位先生保重。老许回去了，你们速速离开！"

许褚拱了拱手，转身上马，带着宿卫虎士离开了葫芦口。

黄宣二人和小三看出许褚有意相助，但对很多环节仍旧百思不得其解。

小三查验了山贼尸体，大多数人身上都有蝙蝠记号。看来山贼果然是曹军所扮。由此推断，黄飞梳理出整个事件最有可能的真相。

曹操一开始就想杀黄宣二人，苦于没有借口，不便明着动手。曹操也早知道小三有问题，让小三做主管，应该是有意试探，一定派了人暗中监视。此次出逃，早已在曹操算计之中。但曹操将计就计，故意放黄宣二人出城。这样就可以在葫芦口进行伏击，将黄宣二人和小三等内奸一网打尽。借"山贼"之手除掉在军中威望正盛的"太常"，顺便清理了诸葛亮安插在曹营的内奸。奸计得逞后，曹操再佯装痛哭流涕，对外宣称二位太常采药时不幸遇害，随后厚葬二人并追封官爵，就能给军队一个圆满的交代。

听完黄飞的这番推理，宣言不禁头皮发麻：这连环计何其歹毒，曹操真是深不可测！

可惜他的对手是谋算更胜一筹的诸葛亮。诸葛亮非常了解许褚。许褚虽然对曹操忠心耿耿，也定不会做诸葛亮的内应，但许褚毕竟是个讲义气的江湖汉子，黄宣二人对其有救命之恩，而且三人兄弟情深。故诸葛亮先送信引许褚赶来，再假借曹操手谕，命令许褚保护黄宣二人。许褚已识破曹操杀黄宣二人之心，但有曹操手谕在，就有充足的理由出手保护。杀曹军当然有罪，但杀已辨认不出是曹军的山贼，何罪之有？在许褚看来，自己怀揣"曹操手谕"回去复命，不仅无过，而且有功。何乐而不为？

事已至此，机关算尽的曹操苦于无法将自己派曹军假扮山贼劫杀黄宣二人之事公之于众，也就不能明着责罚许褚，最终只能含恨吃下这个暗亏。

真相究竟如何，很难探究。所有亲历者都只了解其中一部分内情，没有人有机会知道完整计划。只有分别找诸葛亮和曹操求证，或者让两个人当面对质，或许才能彻底还原双方的攻守细节。

然而，当面对质这一幕是永远不可能发生的。现实中，对于顶级政治家的谋略，身在局中的医生和士兵，只能止步于粗浅的揣测。

不过，也不完全无迹可循。曹操之后的一系列操作，倒是与黄飞的猜测基本吻合。黄宣二人离开后，曹操对外宣称，黄宣二位太常去蜀国为自己求仙药去了。与此同时，许褚因保护太常有功，获赐黄金千两。

黄宣二人坐在驶往荆州的马车上，追忆过往种种，不胜唏嘘。

前方渺渺茫茫，始终有一团薄雾挡住视线，也不知藏在后面的是暖阳还是冷雨。好似两人此刻的心情，有些憧憬，也有些不安。

第二十二章

关羽

荆州，江陵。

小舟换大船，大船换马匹，一路舟车颠簸，再一次去向新的阵营。

见宣言这些天始终郁郁寡欢，黄飞故意搭话："好不容易结束了软禁生涯，重获自由，而且马上要与大帅哥诸葛亮重逢，开心吗？"

宣言神色黯淡："先是被软禁，后又被追杀，惶惶如丧家之犬。有什么可开心的。"

上次离开东吴投奔曹魏，虽然有和吕蒙的依依惜别，有赤壁之战的惨烈记忆，但两人总归信心满满。一心以为只要能接近实力超群的曹操，就能改变历史的洪流，在三国有一番作为，全然不似此刻这般心灰意冷。

"我们不是逃出来了吗，以后诸葛亮会罩着我们的！"黄飞刻意用欢快的语气说，想让宣言振作起来。

"那之后呢？"宣言没那么好糊弄，"你又不是不知道历史的走向。"

黄飞一愣：之后，就是北伐失败，诸葛亮"出师未捷身先死"，接着就是蜀汉灭亡，后主阿斗"乐不思蜀"……二人正在奔赴一场注定的失败，并且将亲身涉险，与新投靠的阵营一起沉沦，难怪宣言如此沮丧。

黄飞斟酌良久，缓缓开口："宣言，或许对历史来说，我们只是 NPC，但我们还是医生，我们要履行救死扶伤的天职。未来的事，谁又能知道呢？也许我们随时就穿越回现代了。"

宣言凝视着黄飞。终于，两人相视一笑。宣言释然了：无论在三国如何漂泊，都好好守护自己的职责吧，能多救人就不枉来这一遭。

这一日，一行人终于进了江陵城。黄飞望着马车外的繁华景象，又想起了进城时看到的城防情况，不由赞叹："想不到荆州江陵竟是如此富庶之地？而且城池坚固，易守难攻。"

葫芦口后，小三率队驾着马车一路狂奔，直取关羽负责守卫的荆州江陵。万幸的是基本没有遇到障碍。特别是进了蜀国地界后，小三可谓如鱼得水，不断和地方官员换人换马，想尽办法调配物资。一行人昼夜飞驰，不到一周就从邺城赶到江陵。

此刻小三骑着马，黄飞和宣言同乘一驾马车。听到黄飞称赞江陵，小三对着马车说道："荆州连年战乱，本是贫瘠荒芜之地。君侯治理十年，鼓励耕种，减免赋税，大兴水利，附近百姓纷纷来投，荆州逐渐繁盛起来。先生看到的江陵城，乃君侯亲自设计，城防极其坚固。只要城门紧闭，守军可以一当百，故曹贼及孙权小儿一直不敢攻打。"

"我从前只听闻关将军武艺高强、精通兵法，想不到组织和管理能力也如此出众。"黄飞由衷佩服。

"关羽不仅是武圣人，还是财神爷！我们家那边做生意前都要拜一拜他。"宣言窃窃私语，"我们要是救了他，他能不能保佑我们回上海发大财？至少也要中一个国家自然科学基金，直接拿下副高职称。"

"你真是不忘初心。"黄飞对宣言的一心求财同样由衷佩服。

路上如此顺利，三人的心情原本尚好。然而，当他们风尘仆仆赶到关府的时候，却傻眼了。

家丁们个个哭丧着脸，都在忙着准备后事，似乎就差穿上丧服了。黄飞心头一紧：难道紧赶慢赶还是来晚了，关羽已死？

小三也慌了，赶紧找人通报——诸葛军师找的神医来了。

不一会儿，有一人带着家丁匆匆赶来，正是关羽之子关平。他难掩心中哀痛，含泪迎客："先生，恐怕太迟了……家父高热半月不退，已两日不进饮食。今晨再度出现幻觉，应是看见了主公，连声高呼'大哥'。纵是大罗金仙下凡，恐怕也救不回来了……大夫都叫我们准备后事了。"

关羽在历史里不是这样死的，黄飞坚守自己的信念："快带我们去看看，还有救！"

穿行府邸的过程中，令黄宣二人颇感惊讶的是：一个荆州九郡的太守，竟然如此俭朴。从府门到关羽的卧室，只需走两分钟，可见整个关府何其狭小。区区几间房，大小尚不及乔国老在东吴赠二人的宅子的四分之一。与从府门到前厅也需要乘坐轿子的乔府、周府相比，更是有天壤之别。

　　两人被带进关羽卧室，床边围着一圈低声哭泣的家眷。此处的陈设也极其简单，让床头立着的大刀格外醒目。大刀寒光闪闪，锋芒毕露，雕有青龙纹饰，想必就是传说中的青龙偃月刀。

　　见关平带人进来，家眷收敛悲声，让到一边。黄飞定睛一看，床上躺着的关羽，此刻正满脸通红、喘气急促，眼睛呆滞地望向屋顶，嘴里似乎在嘟囔着什么。

　　而在宣言看来，眼前的关羽是个不折不扣的巨人，身高至少两米，而且体格健硕、肌肉发达，天生就是一个做武将的好坯子。和他相比，黄宣二人就是来自上海的霍比特人。可惜的是，这个巨人此刻显得脆弱不堪，甚至可以说已然病入膏肓。

　　病中的关羽时而糊涂，时而清醒。清醒时的他，在得知诸葛军师请的医生来了，甚至想起床迎接，幸好被众人及时阻拦。但清醒状态不会持续太久，很快他又开始望着天花板发呆。

　　黄飞在仔细为关羽查体后，无比惊讶地对宣言说："只有在三国这个时代，才能看到如此典型的晚期败血症！"

　　关羽右臂中箭之处，肿胀已扩散至肘关节，而且红得发亮，时有脓液从伤口流出。浑身布满瘀点、瘀斑，这是败血症后期皮肤黏膜出血的表现。

　　"体温高，心率快，足背动脉搏动弱，可能血压也低。"宣言诊断后做出判断。

　　"君侯上次排尿是什么时候？"黄飞问道。

　　"君侯已经快一日无尿了，而且吃不下东西。"一位伺候关羽起居的下人回答道。

尿量也大幅减少，这是败血症引起的感染性休克。

"关羽不是中毒，而是身患臂伤严重感染引起的败血症。所谓的刮骨疗毒，看来全是后人误传。"黄飞向宣言低语。

"那现在怎么办？"宣言问道。

"先对症治疗，稳定循环和心肺功能，然后将手臂脓肿切开引流。用张仲景发明的"七花解毒散"这种土制的抗生素来消炎，可能会有奇效。"黄飞回答。

"以他现在的身体状态，是无法完成吞咽的动作的。需要先插胃管，从胃管打入食物和药物，然后监测尿量，计算他每日的出入液量，想办法先稳定循环系统。"宣言马上给出了具体方案。

实施方案前黄飞向关平及其他家属简单交代了病情和治疗方法。由于黄宣二人是诸葛军师派来的，众人本就多了几分信服。而且别的大夫早已宣判关羽"死刑"，现在也只能死马当活马医，指望这二人的确是世间罕有的神医。故而没有家属质疑，所有人都同意将关羽交由两位大夫全权处置。

宣言很顺利地插入胃管，然后通过胃管分批打入米汤、肉汤和不可或缺的"抗生素"——七花解毒散，过程中的动作也尽可能轻柔、缓慢。

第二日上午，关羽的情况有所好转。神志逐渐清醒，心率开始变慢，呼吸也没有那么急促了，最重要的是他开始排出尿液。

黄宣二人似乎在和死神的较量中扳回一局。众人啧啧称奇。

然而，关羽依旧高烧不退，手臂红肿，败血症只是暂时没有继续恶化，并没有被治愈。这是因为，尽管循环开始恢复了，但是只要不切开伤口排脓，手臂上的脓肿就无法消除。毕竟，七花解毒散的药力有限，不足以对抗败血症。

黄飞于是请示关羽："君侯，只需切开手臂上的伤口排脓，即可治愈顽疾，不知君侯是否愿意一试？"

宣言拉了一下黄飞的衣袖："现在手术是否合适？恐怕以关将军现在的情况不能上全麻。"

"为什么？"黄飞有些不解。

"你忘了吗？病人高热，循环尚不稳定，身患败血症，这些都是全身麻醉的禁忌。有可能一用麻药，人就再也醒不过来了。"宣言的担心不无道理。

黄飞心生惭愧：自己身为外科医生，过度关注对外科伤口的治疗，竟然忽略了用麻药的门道，好在宣言脑子清醒。

"可是，这种大面积的切开引流必然带来剧痛，伤口缝合也要几十针，正常人类必定难以忍受。大声喊叫尚可应付，绝大多数人会因为剧烈疼痛而大幅移动手臂，导致手术无法进行。"黄飞一筹莫展。

"要不就用之前在军营里治箭伤的办法，用两个铁环套住手臂，然后拿绳子来固定。"宣言只能尽可能多提一些建议，"本来我还可以采取针刺麻醉来适当减轻他的疼痛感，但针刺麻醉对这个部位效果不好。而且，他还在严重感染中，麻醉的风险本来就高。"

关羽听见二人的对话，尽管身体极度微弱，仍然坚定地说道："先生只管手术，无须麻药。关某戎马一生，面对生死尚且毫无惧色，疼痛又算得了什么。"

"君侯，手术时间极长，而且切开的范围较大，疼痛非常人所能忍。您还在病重期间，怎能遭受如此大的痛苦？还是要另寻他法，从长计议。"黄飞当然要劝阻。

毕竟，主观意志不能决定一切。

"先生有所不知。襄樊战事吃紧，曹操、孙权虎视眈眈，关某久卧病榻，军心必乱，荆州危矣！城若破，曹贼必屠城，百姓何辜？承蒙大哥如此信任，关某又如何对得起大哥。时日无多，先生莫再迟疑，赶紧动手！"关羽挣扎着说完后喘息更加急促。

见黄飞仍然犹豫不决，关羽问道："先生可否让我看看手术工具？"

黄飞将柳叶刀递给关羽，关羽端详片刻后说道："此刀之锋利不输我的青龙偃月刀，却小巧百倍，果然是配得上神医的神器。同是执刀之人，先生能否体谅危难在即无法持刀上阵的无奈和遗憾？若先生能体会关某的拳拳之心，就请尽快动手，让关某能早日离开病榻，带领全城军民守住荆州，不负大哥，不负汉室！"

关羽虽身体虚弱，这番话却说得铿锵有力。黄宣二人听得热血沸腾：病入膏肓的关羽，想的不是自己，而是荆州百姓和大哥刘备。如此忠义之人，自己怎能不尽力相救？

"先生开刀吧。"关平感同身受，当即跪下，"当年过五关斩六将，战颜良诛文丑，单刀赴会，家父都未曾惧怕，又何惧疼痛？"

黄飞沉思片刻，重重地点了点头，

"做手术时最好能让君侯有事可做，分分心可以在感觉上没那么痛。"宣言建议。

"先生好主意，我让季常准备对弈。"关羽欣然同意。

季常乃马谡之兄马良的表字，他是关羽的左膀右臂。荆州战略价值突出，诸葛亮知人善用，派他辅佐关羽镇守荆州。

在关府临时布置的手术室里，黄宣二人穿好无菌衣，准备开始手术。

这是一台极其特殊的手术，不仅没有任何麻醉，而且接受手术的关羽命悬一线，却在平静地和马良下着棋。

酒精消毒、铺巾，这些外科手术的常规工具，却让围观的人叹为观止。他们从来没见过这种医术，像是在看神仙施法。

黄飞切开关羽手臂脓肿部位的皮肤，大量黄色的脓液喷射出来。地上，黄飞、关羽身上，顿时一片污浊。

马良吓得目瞪口呆，执棋的手悬在半空中迟迟未动。

"季常，该你落子了。"关羽此刻竟表现得气定神闲。

脓液实在太多，黄飞用配好的生理盐水浸湿纱布，反复吸附脓液、擦拭脓痂。这会带来钻心的疼痛，寻常人早就昏死过去了。

"肌肉也被感染，化脓了。看来肌肉也必须切开，要一直清理到骨头。"黄飞眉头紧锁。

肌肉被切开，脓液被清除，大量的脓血随即喷射出来。地上的盆很快就满了。

"出血！出血！"宣言正在用胃管给关羽补液。她之前从未见过如此大量的出血，急忙提醒黄飞止血。

"肌肉血供丰富，不要紧，找到出血点，结扎就好。"黄飞临危不乱，很快止住了血。

关羽虽然大口喘着粗气，却面不改色、一声不吭，表情也丝毫看不出变化。武圣关帝果然名不虚传，意志坚强，忍耐力惊人。

肌肉被切开，露出了白骨。黄飞提醒道："现在要倒酒精全面消毒，然后用盐水冲洗。君侯一定要忍住痛，不能乱动。"

关羽道："任先生医治，我非凡夫俗子，何惧痛哉？"

"哗"的一声，黄飞冲着伤口倒入大量酒精。刺鼻的味道能唤醒记忆中的疼痛感，周围的人不由紧皱眉头，心软一些的根本不敢看，早就将脸扭开。

关羽紧咬牙关，还是忍不住倒抽了一口凉气，瞬间大汗淋漓，手臂却一动不动。黄飞怕关羽没法再撑多久，冲洗好后迅速完成缝合，最后将伤口包扎起来。

一场惊心动魄的无麻醉"活杀"手术终于结束了。宣言长吁了一口气，狂跳的心终于平复下来。

关羽得救了。黄宣二人除了欣慰，还有一些不足为外人道的复杂情绪：真是难以想象，给关羽刮骨疗毒的竟然是我们，而不是后世所传的华佗……

关羽试着动了动受伤的那只手臂，面露喜色："已无明显的疼痛和肿胀感，很快就能活动自如了，先生真乃神人也！"

放松下来后，黄飞才觉得有些累，擦了擦汗，向关羽深深作揖："君侯铁骨铮铮，我行医数年未尝见也。"

此后，黄飞每日查看伤口并更换敷料。宣言负责调理饮食和提供抗生素药物。关羽一天天地好起来。半月后拆线，关羽竟然又能使刀了！

治好关羽，黄宣二人终于完成使命，可以去见诸葛亮了。

临别之际，黄飞反复叮嘱："君侯箭疮虽愈，但仍须爱护，切勿怒气伤触。过百日后，方能恢复如初。"

关羽备齐百金酬谢二人："关某自知两位先生并非为财而来，但实在不知如何表达感恩之情，还望收下。"

可能受关羽的影响，宣言也文绉绉起来："我们闻君侯高义，特来效劳，岂能收此重金？"

黄飞见宣言坚辞不受，不由得对她刮目相看。一直以爱财人设自诩的宣言，经过三国的磨砺之后，也越来越深明大义、品行高洁了。

关羽目光如炬："二位先生似乎另有心事，但说无妨，或许关某能帮得上忙。"

没想到关羽如此敏锐，这么快就捕捉到二人心中的郁结。黄飞感念关羽细心体察，却实在不知从何说起。此刻，他的内心五味杂陈：想要改变历史，却深陷历史的漩涡而无能为力。想要救人，却有这么多人因自己而死。我们为何而来，到底创造了什么价值？被我们用现代医术救活的人，是不是本来就不会死？而那些注定要死的人，就算暂时被我们治好，是不是仍然只有死路一条？历史的修正力何其强大，两人的力量显得如此渺小。五次三番与宿命抗争，却每每无力回天。现在才真切感悟到，人世间最大的痛苦，莫过于信念和希望的崩塌。

既然说不清楚，黄飞只能闪烁其词："恰似君侯先前无法执刀的无奈，我二人也常有回天乏术的无力感。"

关羽也不细究，把黄飞拉到一边小声问道："先生觉得荆州可守得住否？"

黄飞大惊：难道关羽早就知道自己守不住荆州？

关羽的声音有些低沉："自关某接手荆州的那一刻起，就知荆州危在旦夕。三家鼎立，唯蜀最弱。北有曹操，东有孙权，均想分而食之。况天下大势，分久必合。综上所述，荆州早晚会落入他人之手。"

"那君侯为何誓死护卫荆州？"黄飞不解。

关羽道："关某乃解良一武夫，蒙主公以手足相待，自当以命相报。安能背信弃义，投靠敌国？城若破，有死而已。玉可碎而不可改其白，竹可焚而不可毁其节。身虽殒，名可垂于竹帛也。人生在世，不如意事常八九。尽力而为，但求无愧于心。"

黄飞大受震撼：原来，关羽并非"大意"失荆州。敌强我弱，苦苦支撑十余年，终究力不从心。毕竟个人的力量无法与时代的洪流相抗衡。

所谓襄樊之战，并非关羽想要北伐，而是以攻代守，意在削弱曹魏集团的实力，使曹操、孙权不敢来犯，为蜀国赢得喘息之机。即便如此，关羽还是付出了身受重伤的代价。后世为了突出"武圣"的光辉形象，不愿承认关羽输在实力弱于敌手，只能以"大意"来挽尊。事实上，关羽也是肉体凡胎，是人，而不是神。今天，走下神坛的关羽却让黄飞看到了人性的光芒——明知败局已定，却还要继续战斗，誓死捍卫忠义的初心。

黄飞含泪拱手："君侯高义，我等楷模。"

见黄飞若有所思，关羽继续劝解："人生天地间，无始终者，

非君子也。关某来时明白，去时不可不明白。神技在手，世人求之而不得。先生自当造福于天下，尽忠于国家，望先生谨记。"

黄宣二人拜别关羽，乘小船离开荆州。二人此番与关羽相交，真切感受到其忠义与坚韧，再想到他败走麦城、身首异处的结局，不禁潸然泪下，在心中默念："关二爷，保重！"

岸上的人逐渐变小，一叶轻舟飘浮于浩渺的天地间。与关羽交谈后，黄飞的内心又升腾起久违的希望。

小三直指前方，诸葛亮的大本营——成都。

第二十三章

成都

脑洞三国

　　蜀国首都，天府之国，锦官之城，这些都不重要。对宣言而言，成都是四川火锅，是夫妻肺片，是伤心凉粉，是麻婆豆腐，是担担面，是回锅肉，是龙抄手，是大熊猫，是宽窄巷子……当然，还有黄飞的偶像，三国大帅哥——诸葛亮！

　　所有的这一切，都在激活着宣言大脑里的多巴胺，让她兴奋不已，甚至暂时忘却了精神世界的崩塌。

　　成都，寄托着宣言的诸多梦想，来三国后她还从来没有如此期待过一个城市。然而，抵达成都后，这些梦想一一被击碎。

　　这里根本找不到什么四川火锅、夫妻肺片、伤心凉粉、麻婆豆腐、担担面、回锅肉、龙抄手，因为它们还没有被发明出来。

　　大熊猫，在当时还是不折不扣的山中野兽，在城市里不可能看到。而要见到宽窄巷子，还需要穿越到清朝。

　　心愿清单上的心愿全部落空，宣言好生惆怅。好在成都人民热情好客，照顾周到，宣言过得还算舒服。

　　川菜虽然和现代的味道有所不同，却也十分美味，美食之都果然历史悠久。只是当时还没有辣椒，只有花椒。辣椒当时还只生长在南美洲，要等到哥伦布发现新大陆之后，在明清时期才被引入中国。

黄飞发现，蜀国百姓和魏国、吴国百姓有所不同，似乎个个脸上都挂着笑容，显得对现世生活颇为满意。虽然连年战乱，蜀国仍然较为富庶，百姓的衣食住行也没有受到明显的影响。

"这个大好局面全仰仗诸葛军师提出的以农为本、休养生息政策。"小三解释道，"军师主政蜀地后，广纳贤士，大兴水利，减免赋税，赈济灾民，成果卓著。而且，军师以身作则、秉公执法，官员们不敢擅权纳贿、徇私枉法，百姓自然能安居乐业。现如今，我蜀地的粮食、冶铁早已闻名于天下，织锦更是为成都赢得'锦官城'的美称。"

听小三不停夸赞诸葛亮，宣言对心愿清单里最后的一项愈发憧憬：到底什么时候才能见到他？

两人已来成都半个月，诸葛亮始终未曾露面。小三说："军师为政事操劳，南巡未归。也知道二位先生一路舟车劳顿，需要多加休养，命我等好生照料，还差人送来礼物。"

送给黄飞的是大量的医书，其中不少是孤本，还有上好的笔墨纸砚。而送给宣言的竟是蜀绣衣物、胭脂水粉，以及一些精巧的女红工具。

"为什么送我的是这些礼物，难道诸葛亮知道我是女的？"宣言脸颊泛红。

黄飞存心揶揄："诸葛亮多智近妖，并且信息灵通，可能早就发现你是女儿身了。你看，这些衣服穿起来如此合身，可见他对你的身材了如指掌。而且，他还知道你喜欢女红，应该对你教婉盈刺绣的过往也一清二楚。"

宣言对诸葛亮的好感更增几分：他心里装着那么多国家大事，还能体贴入微地照顾到我的每一个需要和细节，真是一个细心的"暖男"。

"成都不比军营，我们又有小三保护，不如你就换回女儿身吧。在如此宜居的城市里，你可以自由自在地活了。"黄飞极力建议。

宣言一个劲点头，笑得合不拢嘴——女扮男装这么久，终于做回女人了。

黄飞心生感慨："豪杰皆用我，唯诸葛军师懂我。他深知我们已阅尽世间繁华，有心远离尘嚣、不问世事，一边行医，一边著书立说。故给我们提供宅邸，保我们衣食无忧，赠我们医学典籍，为我们的归隐创造最优渥的条件。一国首脑，竟对两个普通百姓如此细心关照，让我们何以为报？丞相日夜思虑，劳心伤神，我们一定要用毕生所学，为他的健康尽心尽力。"

不几日，诸葛亮南巡归来，急不可待地让人来请黄宣二人。

诸葛亮的府邸，与关羽的府邸并无明显不同，面积不大，陈设也简单。看来蜀汉政权的官员崇尚朴实无华的生活作风。眼前的这座军师府，何止无法媲美东吴周瑜府，简直有云泥之别。

当真正见到诸葛亮的时候，两人顿时瞠目结舌，不由自主对视了一眼。宣言仿佛能听到自己的心破碎的声音，一切化为泡影。

昔日的三国第一美男子不仅不再丰神俊朗，而且已经彻底变成一个清癯老者，加上咳嗽连连，明明只有四十几岁，看着却像已年过六旬。若非羽扇轻摇、纶巾微动的风姿尚存，谁又能认出这是曾经神采飞扬、巧借东风的诸葛亮？俨然一个风烛残年的寻常路人。只是，他的目光依然锐利，炯炯有神的双眸中永远藏着深不可测的智慧。黄飞的视线扫到案头的油灯、笔墨和厚厚的卷帙，它们似乎都在争相替主人诉说着呕心沥血和盛年早衰的缘由。

诸葛亮见二人来了，连忙起身相迎。黄飞鼻头一酸，泪水不受控制地盈满眼眶："军师，您清减了，要多保重。"

"国事颇多，不得不殚精竭虑。"诸葛亮说着又咳了起来。

"军师要多休息，久累伤身。"宣言强忍心痛。

诸葛亮叹了口气："我岂非不知久累伤身的道理，只是唯恐他人不似我这般尽心竭力。"

事必躬亲，是诸葛亮的人生写照，也是他的致命弱点。也正因如此，他才活活将自己的身体累坏。

"还要感谢两位先生治好了关将军。不知在成都居住得是否满意？还需要什么，亮必竭力筹措。"

黄飞连忙拱手推辞，言辞恳切道："如今之境遇已无可挑剔。我二人别无他求，唯愿潜心著书，希望能早有所成。"

此时军士来报：云南边境百姓又遭抢掠，系孟获领兵所为。

诸葛亮听后急火攻心，剧烈地咳嗽起来："孟获其后必反，南征不可避免。我必禀明汉中王早做准备……"

话没说完，诸葛亮"哇"地吐了一口血，就昏了过去。左右侍从和黄飞赶紧上前扶住。

长期跟随左右的一位侍从流泪道："军师星夜赶路，今晨刚回府就急着要见两位。只言不能怠慢了先生。他实在太累了。"

"我之病不可外传，以免乱了军心。"诸葛亮醒转过来，从怀里掏出了几页纸交给黄飞，"此乃云南止血神药的方子，名曰金不换，乃我南巡期间觅得，特带来赠予先生。希望先生能融入典籍，传于后世。"

那侍从再次哭诉："这是军师在三七老人家门口撑着伞苦求了三日才求到的。老人被军师此举感动，才愿意传授独家秘方。"

黄飞潸然泪下："原来军师为我们做了这么多，我们竟全然不知。"

诸葛亮道："兵不在多，在于将帅之调遣也。药不在贵，在于医者之运用也。我大汉连年战乱，子民频频受伤。先生乃我大汉不可多得之人才，若能深研此药，用于伤科，造福军民，乃大汉之幸、天下之福。"

黄飞关切道："眼前军师身体抱恙，赶紧让我们看看吧。"

诸葛亮点头。

在诸葛亮的卧室里，黄飞帮诸葛亮查体。由于宣言是女人，按例不能进卧室，故由黄飞查体后再与宣言商量病情。

诸葛亮在南巡这几个月身受感染，从而患病。咳嗽、咯血、发热、盗汗，消瘦，食欲不振，还有午后的低热，以及黄飞查体时发现的浅表淋巴结肿大和肝脾肿大，所有的症状都指向一种疾病——肺结核。

肺结核，也常被称为"肺痨"，是由结核分枝杆菌感染引发的传染性呼吸系统病症。该病主要在肺组织、气管、支气管和胸膜部位形成病灶。

被称为"白色瘟疫"的肺结核曾经是西方国家致死率极高的主要杀手之一。我国也有"十痨九死"之说。它曾击垮很多名人，有写过"冬天来了，春天还会远吗"的浪漫诗人雪莱，有被誉为浪漫主义钢琴诗人的肖邦，也有"横眉冷对千夫指"的作家鲁迅，还有被称为"人间四月天"的才女林徽因。

人类曾经长期对肺结核束手无策，甚至"谈痨色变"。结核病在历史上也是患病率及死亡率极高的疾病之一。直到二十世纪，链霉素、异烟肼和利福平等药物的发明，才开辟了结核病化疗的新纪元，将治疗有效率提高到90%。肺结核治疗的发展历程可谓"山重水复疑无路，柳暗花明又一村"。

诸葛亮的肺结核症状如此之重，既发热咯血，还出现肝脾肿大，说明结核已经开始血行播散，就是放在现代，这种情况也异常危险。在三国时代，到哪里去找链霉素、异烟肼和利福平这些需要现代化学工艺才能生产的特效药？

就此时的条件来说，这是十足的绝症。想不到这种病竟然降临到诸葛亮的身上。黄宣二人无计可施，陷入绝望之中。

"先生不必瞒我，可是绝症？"诸葛亮语气平和，"南巡路上医生已经和我说过了。"

"目前确实没有合适的疗法。但是我们可以尽量延缓其进一步发展……"黄飞只能如实相告。

诸葛亮带着一丝苦笑："以先生之见，若不治疗，亮还有几年？"

黄飞迟疑片刻，慎重答道："若不治疗，快者三四个月，慢者两三年。"

诸葛亮并未惊讶，继续问道："若依照先生之法积极调理，亮最多可活几年？"

黄飞道："若增强体质，改善环境，将疾病硬拖成慢性，可

达十年。"

诸葛亮长叹了一声："十年，不够啊！"

黄飞明白诸葛亮的苦心："军师要以保重身体为先，这种痨病颇耗精神，您不能再累了。"

诸葛亮道："我本躬耕于南阳，汉中王不以臣卑鄙，三顾臣于草庐之中。我不投董卓、曹操、孙权之辈，只因他们皆看重私利，唯我主以汉为尊，以民为本。我主当年携民渡江，与百姓同生死共患难，弃幼子于不顾，令亮动容。亮一生之追求，就是匡扶汉室，令百姓安居乐业。今天下三分，唯我蜀最弱，强敌环伺。十年，亮怕是……"

公元219年刘备称汉中王，封诸葛亮为军师。诸葛亮正逢当打之年，上有明主护佑，下有军民爱戴，本该大展宏图、建功立业，却积劳成疾，早早垂危不治。

黄飞心中暗骂老天不公："军师，有些事无法强求，以蜀之力……"

诸葛亮打断了黄飞："既然天意如此，亮只能飞蛾扑火。若不能报三顾之恩，救黎民于水火，虽生，犹不如死。唯有鞠躬尽瘁，死而后已。"

黄飞还要劝阻，诸葛亮抢先打断："先生，难道治不好的病，你就不治吗？亮，亦想为汉室延寿。"

黄飞完全被说服了。在这一刻，他终于知道自己为什么一直崇拜诸葛亮。因为他们都是理想主义者，而诸葛亮还多了一份明知不可为而为之的勇气。

黄飞郑重作揖："军师，我等必竭尽全力，帮军师续命延寿！

愿大汉昌隆。"

诸葛亮眼中泛起泪光："有件事亮反复思考，未曾想通，今直言相问，先生能否如实相告？就当满足一个将死之人的愿望。"

黄飞不住地点头。

"先生，是不是来自未来？"诸葛亮轻声问道。

知音难觅，两行清泪顿时划过黄飞的脸庞。他闭上眼，默默点了点头。

诸葛亮道："亮曾与汉中王、关张二位将军讨论，如今之世，人心衰微，光复汉室，谈何容易？我们只能孤军奋战。想不到，先生比我们还要孤独。与先生相比，亮之所为又算什么。先生不为私利，治冻耳、除疟疾，为天下百姓做了这么多。亮由衷佩服！"

诸葛亮朝黄飞深深鞠了个躬。黄飞赶紧去扶。黄飞不忍告诉诸葛亮，即将迎接他的将是更大的孤独。后来，诸葛亮成为蜀汉丞相，但关羽、张飞、刘备、赵云相继离世。最终，创业伙伴一一离开，只剩诸葛亮一人独力支撑。

诸葛亮问道："先生能否告知，在未来，我汉室是否又恢复了天下一统？"

黄飞一时语塞：漫漫岁月，一统是一统，但已经和汉室无关了。迎着诸葛亮期盼的目光，黄飞实在不忍实言相告。于是，黄飞想了想，缓缓说出以下的话："军师，从今往后的中华大地，分分合合数次。但每到危急关头，都会有仁人志士挺身而出，再次完成统一大业。在我那个时代，老百姓人人有饭吃，有衣穿，不再受战乱之苦。而且老人看得起病，孩子都有学上，那样的生活当称得上安居乐业。"

诸葛亮先是一愣，而后很快意识到黄飞其实婉转地给出了一个否定的答案，不免表情有些凄苦。但听到后面，他渐渐为之感动，心驰神往起来，嘴里不禁喃喃道："人人有饭吃，有衣穿，没有战乱流离之苦。老人能看病，孩子有学上……"

"好，好！"诸葛亮终于如释重负，流着泪道，"天佑我中华！天佑我中华啊！亮一生所望，终是有了结果。"

黄飞泣不成声："军师有大恩于我，有大恩于天下。我还能为军师做些什么以报军师之恩？"

诸葛亮语气诚挚："亮恳求先生，为中华，创造一个更好的未来。"

黄飞看着诸葛亮，坚定地点头，泪流满面："飞必竭尽全力用双手救治更多国人。"

诸葛亮竟然摇了摇头："以亮看来，先生的手术穷极一生，只能救少数几人而已。先生的学问，却能救很多人。"

黄飞不解："军师的意思是……"

诸葛亮道："著书立说，开启民智，去帮更多的人。

黄飞点点头，若有所思。

沉默良久，诸葛亮问了最后一个问题："先生，亮的病，在未来，能治吗？是否还会折寿于天下子民？"

"能治愈，不折寿。"黄飞道。

"好，太好了！"诸葛亮欣然一笑。

从此以后，黄宣二人用药物及针石之法悉心调养诸葛亮的身体，新鲜的空气、优美的环境和适当的运动，让诸葛亮的体质大为增强。肺结核已转为慢性，诸葛亮的病情大为好转。治疗期间，黄飞因为个人爱好，也向诸葛亮请教了观星和观天象之术。

诸葛亮所带金不换的止血药方主要成分是中药三七。黄飞认出此方与云南白药类似。黄宣二人按照对现代云南白药配方的记忆，改良了金不换的药方，使其具备了更强的止血效能。此药被广泛运用于医治蜀军战伤，大大增强了蜀军的战斗力。此方流传甚广，不仅百姓从此获益，中华骨科、伤科、外科的发展也得以大幅提速。

半年后，成都城中忽起流言：曹操将再次进攻东吴，猛攻吴国濡须口，娄县危在旦夕。而东吴此次的守将，是吕蒙。

黄宣二人向诸葛亮求证，得到的答复是消息属实。

过去在东吴的一幕幕突然再次出现在二人脑海中。黄飞回忆起和吕蒙称兄道弟、把酒言欢的日子。而宣言则想到了婉盈和毛儿，不知道他们是否还在人世。黄飞知道，吕蒙不会弃城投降，更知道曹操将击败孙权。此役后孙权被迫向曹操乞和称臣。

曹操虽最终获胜，但战争期间遭到东吴军民的激烈反抗。因而，屠城的结果在所难免，吕蒙、婉盈、毛儿都身处险境。

朋友有难，岂能袖手旁观？再说诸葛亮现在病情稳定，两人暂时已无牵挂。再三商量后两人决定：先去娄县找婉盈和毛儿一家。如果他们还在人世，就把他们带到成都来避祸。

只可惜待在成都的时间太短，医书还没有写完。但情况紧急，只能一边赶路一边写书。二人匆匆向诸葛亮辞行。诸葛亮派兵护送，并提醒宣言战地凶险，需换回男装。

于是，在蜀兵的护送下，黄宣二人往娄县方向奔去。

第二十四章

牺牲

　　进入东吴境内，宣言换回男装，小三等十余蜀兵扮作东吴百姓暗中保护。

　　到达娄县时，正赶上曹操破城不久。在曹兵的烧杀劫掠之下，曾经安逸、富饶的吴郡变得让人触目惊心，到处都是浓烟滚滚、断壁残垣的惨象，老百姓的哭喊声随处可闻。黄宣二人赶到婉盈家那条街，看到的只剩被大火烧毁后的满目疮痍，哪里还能寻得见婉盈、毛儿的身影？

　　"曹操被唤作汉贼真的不冤，还是改不了杀人烧城的恶习。"黄飞咬牙切齿，"这让我们如何找到他们两个？"

　　"去沪渎重玄寺！如果婉盈还活着，那她每个月都会到那里为我们祈福。"宣言想起自己和婉盈的约定。

　　于是众人匆匆赶到沪渎重玄寺。寺门口的那块石头上，密密麻麻地布满刀痕，有近一半已被刻满，每一道刀痕都寄托着婉盈对黄宣二人的崇敬与思念。

　　"我算了一下时间，婉盈有可能还活着，否则不应该有这么多的刀痕。我们必须快点儿找到她，以免她遭遇不测。"宣言心

中燃起希望。

正在此时，从寺里突然冲出一队残兵来，都是东吴军人打扮，手持武器，看样子是要抢劫。

"保护先生！"小三招呼手下拔刀迎上去。双方士兵顿时剑拔弩张起来。

突然，从对面人群里传出一声熟悉的呼唤："大哥三弟！"

黄宣二人一听即知，是吕蒙。

霎那间往事一一涌上心头，那些斗鸡走狗、快意恩仇的日子，以及离开东吴时割袍断义的痛心与无奈……战火纷飞中，三人再次相见，恍如隔世。只是，当年那个不学无术的吴下阿三，如今已经蜕变成一个沉稳内敛的儒将。虽然已是败军之将，但在一众兵将之中，吕蒙依然显得鹤立鸡群、气度不凡。

三人紧紧抱在一起，百感交集，热泪盈眶，一切尽在不言中。

吕蒙告诉二人，城破后，为了掩护孙权出城，自己带着部队留下断后。一路上屡次遭到曹军掩杀，现在身边只留下不足三十人，故躲在破庙里等待孙权援军接应，以图再次突围。

"二哥可曾看到婉盈？"宣言问道。

"那条街已经被烧光了。曹操下令屠城后，城中很多百姓都被曹军押到一个万人坑旁，随时准备处决。如果婉盈还活着，应该在那里。"吕蒙道，"大哥三弟，目前婉盈生死不明，以我们的实力也无法救人。不如随我先行突围，保全性命，再做打算。"

"不行！"宣言断然拒绝，"我不能眼睁睁看着婉盈和毛儿惨遭屠杀。你先走，我们专程为婉盈而来，自然要想办法救她。"

"一个也别想走！丞相有令，格杀所有吴狗。兄弟们，快去拿人头领军功。"不知什么时候，几百个曹兵已悄悄摸上山，此刻正以迅雷不及掩耳之势向寺前的众人冲杀过来。

曹兵人多势众，犹如群狼一般把四十几人团团围住。

曹兵为首的将官恶狠狠地问道："快说，你们是谁的部队？"估计是想问出一点儿名堂，以领更大的军功。

吕蒙冷笑，拿出当年做地痞时的气势："爷爷我就是吕蒙！"

将官眼睛顿时亮了："吕蒙？今天运气真是不错。丞相有令，吕蒙肯降，可不杀。"

吕蒙当即怒喝："我与曹贼势不两立！"

将官也不生气："我再给你个机会，数十个数等你回心转意。十，九，八……"

千钧一发之际，宣言忽然凑到黄飞耳边："吕蒙定然不肯投降。我带了虎卫军令牌，现在要不要拿出来吓唬他们一下？毕竟曹操对外说我们寻访仙药去了。曹兵看到令牌或许不至于赶尽杀绝。"

黄飞快速在心里盘算：虎卫军令牌应该管用。但是，一旦拿出来，我们必定会被曹兵带去见曹操。曹操本来就想杀我们，现在我们又出现在吕蒙残部中。这次自投罗网后的待遇，恐怕就不是软禁了……

"五，四……"将官还在数数。

"到底要不要拿出来？"宣言急得不行。

"再等等看。"黄飞终于做出决定。他在和历史赌，赌吕蒙不会死在这里，赌他们不会被曹兵带走，赌他们依然能活着回四川。

但机会转瞬即逝，这一招不慎立刻给了黄飞一个血的教训。不等将官十个数数完，吕蒙嘶吼着带手下迎了上去。小三带人紧随其后，顿时杀喊声一片。曹兵有马有箭，人数又多，黄飞眼睁睁地看着己方的人一个接一个倒在血泊之中。

转瞬之间，小三，战死；吕蒙，负伤。

而黄飞则被堵在一个角落里，眼看着曹兵就要手起刀落，却完全无法闪避。突然，一个人冲过来用力推开了黄飞。

正是宣言！尖刀刺进了宣言的胸膛，鲜血汩汩而出。

"宣言！"黄飞大叫，下意识地拿起石头狠狠砸向曹兵。

"三弟！"吕蒙像疯了一样拼杀过来，一刀砍掉了曹兵的脑袋。

"杀曹贼，救大都督！"突然鼓声大作，东吴的援军到了。曹兵很快被杀退。

宣言躺在黄飞的怀里，鲜血从伤口源源不断流淌出来。黄飞使劲压住伤口，含泪低语："不怕，不怕，我能救你，我一定能救你。"

宣言吐了口血，凄然摇头，似乎在说"来不及了"，然后颤巍巍地用手指向石碑的方向。黄飞知道，她还在挂念婉盈。

"你放心，我也一定会救她。你们都不会有事的。"黄飞肝肠寸断。

宣言拼尽最后一丝力气留给黄飞一个微笑，手臂终究垂落下来。

"啊……怎么会这样？"黄飞再也控制不住自己的情绪，仰天长啸，用力宣泄着内心的悲痛和不甘。

自从来到三国，他总是在想着要如何护宣言周全，从来不曾想过，宣言居然会先死，而且是为了救自己而死。

造化弄人，当年宣言为了帮他误打误撞来到这里，吃尽苦头，受尽磨难。他还信誓旦旦要带宣言回去，可宣言却再也等不到那一天。

更让黄飞自责的是，一个时辰前，宣言明明有机会拿出虎卫军令牌保住性命。是他，因为一个贪生的念头亲手害宣言丧命，因为不想冒未来的险，愚蠢地将宣言送上眼前的绝路。

"大哥，走吧。"吕蒙和几个亲兵拼命拽黄飞离开，而黄飞一副魂不守舍的样子，只知道紧紧抱着宣言的尸体不放。

突围成功后，黄飞和吕蒙一起在野外安葬了宣言。吕蒙执意让黄飞继续留在东吴，毕竟有人保护，更为安全。

黄飞不为所动："宣言走了，我也不想苟活。如今我只想完成她的遗愿，尽自己最大的努力把婉盈和毛儿救出来。"

吕蒙了解黄飞，知道他现在坚持认为是自己害死了宣言，已想好拿命赔她，拼死也要做完答应她的事。既然黄飞心意已决，自己再三挽留也是徒劳。

两人在城外告别。吕蒙眼里噙满了泪水，强颜欢笑对黄飞说道："大哥，我最近时常回想起我们三人结拜那会儿的日子，真逍遥啊。"

黄飞凝视了吕蒙片刻，似乎要把他的样子刻进轮回："二弟，那我们有缘再见于太平年月，再一起逍遥快活。保重！"

秋风劲吹，落叶飘零。草庐里，黄飞孤身一人，除了在追忆与宣言在一起的日子时依旧肝肠寸断，其余时间都用来完成两人最后的著作——《宣氏麻沸散》和《伤寒杂病篇增补》。尽管执笔的手在颤抖，泪水有时会滴洒在纸页上，但只有这样，黄飞才能感觉到自己依旧活在有宣言的世界里。

草庐寂静无声，但黄飞感觉有一首歌始终在脑海里回响：

故事里的最后一页，过往和光阴都重叠。

我用尽所有字眼去描写，无法留你片刻停歇。

你听啊秋末的落叶，你听它叹息着离别，只剩我独自领略。

海与山，风和月。

你听啊冬至的白雪，你听它掩饰着哽咽，在没有你的世界。

······

黄飞将完成的书稿誊抄为两份，差人分头送给吕蒙与诸葛亮，自己则朝着曹营的方向扬长而去。

有几句话反复萦绕在他的脑海里，挥之不去。

"婉盈还活着，我们快点儿想办法找到她！"

"玉可碎而不可改其白，竹可焚而不可毁其节。人生在世，多有不顺，尽力而为，但求无愧于心！"

"先生有神技在手，众人艳羡。自当造福于天下，尽忠于国家，望先生三思。"

"亮若不能救黎民于水火，虽生，犹不如死。唯有鞠躬尽瘁、死而后已。"

"亮恳求先生，为中华，创造一个更好的未来。"

第二十五章

刑场

黄飞拿着宿卫虎士的令牌，叩开了曹营的大门。

黄飞厉声喝道："我是黄太常，有重要军情求见魏王和许褚将军，快去禀报！"曹操在去年（公元216年）被封为魏王，现在已经不能再称呼他为丞相了。

守门的曹兵很难相信眼前这个男子的自报家门，因为他此刻分明身着蜀汉服饰。黄太常不是出海寻访仙药去了吗？怎么会是这样一副潦倒模样，该不会是假冒的吧？但碍于两块宿卫虎士的令牌，曹兵也不敢轻举妄动。正在犹豫之时，许褚收到情报，带兵赶来。

许褚当年甘冒风险放走二人，可见是个重情义的人。如今看到黄飞突然去而复返，顿时替他捏了一把汗，赶紧把他拉到一边："先生，你还回来干吗？为什么不一直在外寻访仙药？怎么只有你一个人回来，宣太常呢？"

黄飞惨然一笑："寻药之路太过艰辛，宣太常以身殉职了。不过，我有重要的神药配方，要献给魏王。"

许褚听闻宣言殉职，不胜唏嘘。但现在实在无暇细问，也不便悼念，当务之急是保住黄飞的命，毕竟魏王恨之入骨。许褚原本知道二人寻访仙药只是个幌子，但黄飞言辞恳切，他不禁怀疑起自己来：难道当年魏王的手谕是真的？黄宣二人真的被派去西川寻访仙药了？

许褚本就是个粗人，做不到深思熟虑。既然黄飞要见曹操，许褚便带他一路穿行军营。沿途走走停停，曾经被黄宣二人救治过的兵将听说黄太常寻访仙药归来，纷纷赶来相见。人越聚越多，一起拥着黄飞走向曹操营帐，队伍浩浩荡荡，齐声高呼"向魏王报喜"。黄飞见场面有些失控，抬头望了望天色后向众人拱手，称自己一路奔波，风尘仆仆，直接拜见魏王有些无礼，需要稍作歇息，梳洗停当，整理衣冠，再见魏王才不致失仪。众人不疑有他，纷纷称是。许褚一边差人禀报曹操，一边带黄飞回自己帐中。

黄飞慢悠悠地沐浴更衣完，又直呼饥肠辘辘，让许褚准备上好的酒菜。席间黄飞有意与许褚谈天说地，绘声绘色地描述自己如何在方外求访仙丹，又如何巧遇神仙，被传授仙家法门。许褚啧啧称奇，心中的疑虑开始渐渐打消。

"黄太常，你当真遇到了神仙？这神仙长啥样啊？"许褚不由端正坐姿，满眼神往之色。

"这神仙啊，一男一女，这男的是九重天太子夜华，女的是青丘女君，名叫白浅。"黄飞煞有介事地作答。

这些年黄飞和宣言与三国的古人朝夕相处，言谈举止、行事作派一点点被同化，有时二人也恍惚起来，难道之前在中华医院的经历才是一场梦。于是在二人在单独相处时，会特意多说一些现代生活才有的点滴来巩固记忆，以免彻底迷失在三国时代。宣言是个剧迷，总是将仙侠剧、霸总剧一个接一个讲给黄飞听，其中《三生三世十里桃花》讲得最多。黄飞此时信手拈来，用这部剧中的人物、故事忽悠许褚。这也让他想起当初那个讲得眉飞色舞的宣言,心中不由一痛。

热播剧果然了得,许褚听得津津有味。黄飞有意拖延时间,几次打发走前来请黄飞进见的士兵。第四次,曹操终于沉不住气,派曹仁来请。

"曹将军,黄太常这次真遇到神仙了。"许褚刚听到白浅跳诛仙台,尚有意难平挂在脸上,"原来这神仙也不好当啊!"

曹仁当年几次蒙黄飞相救,打心里宁愿选择相信:"黄太常本就不是凡人,这次得遇神仙,那是魏王之幸,也是你我之幸。魏王已经等候多时,不知黄太常……"

黄飞再观天色,觉得时机已成熟,欣然道:"走,我们一起面见魏王。神仙亲授天机,托我当面传于魏王。"

黄飞此刻心里的声音却是:宣言,我一定会替你完成心愿。

众将纷纷来向曹操报喜或恭贺,口口声声说黄太常已寻访到仙丹。曹操心中一凛,当年自己埋伏人手,想要假扮强盗杀掉二人,却不想二人不知从哪里搞来一张以假乱真的手谕。自己也只能将错就错,放二人逃命,对外宣称自己派二人去寻访仙药。没料到,真出逃假寻药的黄飞还敢回来,而且是这么大张旗鼓地回来。

曹操本就多疑,在等黄飞来见的这段时间里,表面上和众将谈笑风生,实则心中早已翻来覆去想了无数种可能性和相应的对策。而无论哪种对策,其核心策略都只有一个——先稳后杀。

主意已定,曹操见黄飞进来,马上满面春风地起立相迎:"太常,辛苦了!"

没料到黄飞突然板着脸,厉声嘶吼:"曹阿瞒,你杀戮太多,必遭天谴。我替神仙传话——你必须立刻退兵，放了万人坑前的百姓，并且立誓永不屠城，才能得到老天的宽宥。"

所有人都被惊得目瞪口呆。

曹操半天才缓过神来，勃然大怒："大胆黄飞，少在这里装神弄鬼。我看你就是东吴奸细，来人将其拿下，拉出去砍了！"

"我看谁敢？"黄飞毫无惧色，朗声疾呼，"我受命于天，尔等凡人安敢动我，当心三军遭雷劈。还不给我全部退下！"

众将稍一犹豫，忽听帐外一声惊雷，紧接着就是一阵电闪雷鸣，竟然真的下起了大雨。黄飞的话当场应验，震撼效果顿时拉满。

黄飞在许褚那里有意拖延时间，并且不停地观望天色，就是在等待这个时刻。诸葛亮教他的观天之术，今天算是派上了用场。

许褚率先跪下："魏王，黄太常不是奸细，否则当年不会两次救我于危难。他此次确实遇到了神仙。"

曹仁也跟着跪下："魏王，太常神术救了我与我儿的性命，他绝不是奸细，更像神仙派来的使者。您看，他果真能呼风唤雨。"

众将领也纷纷下跪求情："魏王，黄太常用神术救我军于疟疾之中，后又替您远赴方外寻仙。此时带回神仙旨意，不可不信。魏王定要三思啊。"

曹操再次愣住了。他没有想到，自己的部下竟然倒向黄飞。而黄飞竟是打着被自己派出去寻访仙药的幌子，进一步巩固了在军中的偶像地位。

大事不妙，曹操一时也不知如何是好。此时司马懿走上前对曹操耳语了几句。

曹操对众人道："你们退下，我与黄太常单独叙叙。"

营帐里，曹操和黄飞怒目相对，一时间谁也不想开口。

"所有人皆将先生奉为神明，这军营之中有胆与先生抗衡者，唯孤耳！你以为自己的诡计能瞒得过孤？"还是曹操先说话了。

"魏王难道没有在左右埋伏刀斧手吗？"黄飞冷笑道。

"你……"曹操沉声问道，"先生只身前来，难道是为了求死？"

黄飞凛然道："死有何惧，不过回归天庭耳。然你多次枉杀无辜，逆天而行，恐遭天谴，还不及早幡然醒悟？"

曹操眯起眼睛打量起眼前的黄飞：此人确实医术超群，但什么遇到神仙、装神弄鬼，自己是半点儿不信。

曹操面色阴沉："黄太常，你此次回来，到底所为何事？若是想煽动我帐下将士们拥戴，将我取而代之，就凭这点儿妖术，可真是自不量力！"

黄飞冷蔑一笑："曹操，我想要什么，方才已经说过。我要你立刻退兵，放了万人坑前的百姓，并且立誓永不屠城！"

曹操满腹狐疑："就是这样？"

黄飞点头："就是这样。"

曹操沉吟片刻，再次开口："答应先生的条件也非不可。但先生也要答应我的条件。"

黄飞问道："什么条件？"

曹操："你方才一番胡言乱语，已经乱我军心，你得领死罪。"

黄飞正色："若我一人之死，能换来吴国百姓活命，能换来你的永不屠城，死又何妨？"

曹操立即叫出一声"好"，接着又说："不过在你死之前，必须签字画押，承认你之前的言行不过是装神弄鬼，治许褚、曹仁，消除疟疾，是神仙派你来助我统一天下。天命在我，神仙要助的也是我。若如此，你死后，军心方稳。"

黄飞仰天大笑："曹阿瞒，你就这么害怕我吗？"

曹操道："你死之后，孤接受孙仲谋的乞降、联姻，释放所有百姓回归乡里。而且，孤答应你，有生之年永不屠城。"

黄飞愈发平静："只要你能做到，我就可以死。"

曹操还是不解："难道你真不惧死？"

黄飞道："只要你对天起誓，你及曹家后人永不屠城，勤政爱民。若违此誓，魏国必亡，曹家后代个个短命，断子绝孙！"

曹操怒火中烧，强忍着没有当场发作。

黄飞道："你答应我，我便答应你。"

两人的交易就此达成。

曹操依言对天起誓，然后命手下奉上纸笔。

曹操说一句，让黄飞写一句："神仙认定天命归于魏，于是派黄宣二人前来相助，但是，黄飞贪恋权势，罔顾神仙嘱托，沦落为吴国奸细。最终因污蔑魏王而触怒神仙，被收走一切神通，如今甘愿自领死罪。"

黄飞签字画押后，曹操将证词拿在手上反复端详，颇为满意。

曹操大笑道："黄飞，你难道没想过自己死后我会食言？果如司马仲达所言，有勇无谋耳！"

黄飞依旧心平气和："魏王难道不怕三马同食一槽？我死后，魏王所惧者，唯司马懿耳！你梦中之所见，于我皆历历在目。"

曹操大惊失色，自己梦中之事和心中所想，黄飞怎么会一清二楚？难道他真是神仙？

黄飞继续娓娓道来："枕头和药石之力已无法医治你的头痛，故你夜夜从噩梦中惊醒，还有灵魂出窍的幻觉。呕吐后头痛可瞬间好转，旋即头痛再度来袭。偶尔魂入地府，可见两眼上翻、口吐白沫之状。你只顾杀我，岂不知自己命已不长？"

所有的事情都被说中，曹操大为震惊："你怎么知道噩梦、幻觉、灵魂出窍之事？"

黄飞故作高傲："尔等凡人，在神仙眼里有何秘密可言？你已对天发誓，覆水难收，若违背誓言，魏国速亡，曹氏断子绝孙！"

曹操又惊又怒，气急败坏地大喊："拖下去，拖下去，大刑伺候！"

牢狱中，黄飞被打得遍体鳞伤，直至昏死过去。迷迷糊糊间，他的意识仿佛游离于现实与梦境之间，来到三国后的种种经历如同录像带倒放一样，一幕幕地重现眼前。第一幕里，宣言胸口的箭矢倒飞而出，伤口愈合如初。再一幕里，吕蒙如今白净的面颊上又长回年轻时的胡须。下一幕里，他和宣言在和诸葛亮依依惜别，正要坐船从蜀中回魏。又一幕里，软禁的日子真是无聊。最后一幕里，宣言尝药，命悬一线。"宣言，我要救你！"黄飞在梦中急得喊了出来。

梦话还没说完，一桶冷水从天而降。他睁眼一看，曹操站在面前。他惺惺作态地说道："真是委屈先生了。然不出此下策，无法证明先生神通已失，军心难振。想必先生定能理解孤之苦心。"

黄飞心中对其憎恶至极，默然不语。

曹操问道："孤还有一事不明。先生一心想要著书立说，名垂青史，又怎会为了几个区区小民而自毁名誉，不惜死后犹为天下人耻笑呢？"

黄飞冷笑道："连身边的人都救不了，还要什么名垂青史？"

"先生即将服刑，还有什么要说的吗？"曹操道。

黄飞拼尽最后一丝力气吐出一句："F**k You！"

浑身血污的黄飞拖着脚镣走向刑场，看了一眼娄县的方向，露出一丝微笑。

公元 217 年，黄飞被曹操处决于濡须口。处决黄飞那天正午，忽然风雨如晦，飞沙走石。

"宣言、诸葛军师、关将军，我乃一介草民，只会看病，没有什么谋略。这是我能想到的最好的办法。即使舍生救人从谋略的角度毫无过人之处，也用光了我所有的勇气。只是不知道，百姓最终得救了没有？我这样做，能够为中华创造一个更美好的未来吗？但这也许就是我回来唯一的意义。愿天佑中华！"黄飞在心底默默说出这些话的时候，脑海里浮现出宣言的面庞，耳边传来凄美的歌声——

也许，有一天会走远，也许，还能再相见。

无论在人群，在天边，让我再看清你的脸。

任泪水，铺满了双眼，虽无言，泪满面。

不要神的光环，只要你的平凡。

此心此生无憾，生命的火已点燃。

军营里，曹操反复叮嘱司马懿："黄飞已死，尽快抹去黄飞、宣言生前的一切痕迹。以后军中再提此二人者，斩！史书上也绝不得有任何记载。"

司马懿道："魏王，治冻耳、治疟疾、为关羽刮骨疗毒等事都已在民间广为流传，故事难绝耳。而且，防民之口甚于防川。还请魏王三思！"

曹操道："仲达有何高见？"

司马懿道："需为二人找一替身，将其写入所有故事。如此代代相传，则黄飞和宣言湮灭矣！"

曹操道："言之有理。这二人最初来时，口口声声要找华佗。如此，就让华佗顶下这些事吧。孤杀的，也是华佗而已。"

司马懿作揖道："魏王圣明。"

曹操道："仲达，你需命人打听'发克右'这几个字到底是何意。黄飞有通神之能，此语必藏天机，一定要不惜一切代价参透！"

第二十六章

回家

在一个世界的意识消失，竟然意味着在另一个世界的意识开始。原来，这才是回到现实的唯一方法。

"滴、滴、滴……"在心电监护仪的鸣叫声中，黄飞醒来，发现自己躺在中华医院的病房里，宣言正望着醒来的自己喜极而泣。护士见黄飞醒来，这才松了一口气。

二人这才知道，昨晚因刮台风停电，脑机接口的设备出了故障。新来的值班保安发现，两位医生昏倒在实验室。

"昨晚？"黄飞喃喃自语。如果这是一个梦，那这个梦好长，在梦里他们已经经历了十数年。

等护士走后，黄飞偷偷告诉宣言，自己昨晚做了一个梦。宣言兴奋地说自己也是。两人开始核对梦中细节，发现竟然一模一样。这次漫长的三国之行，真的是梦吗？为何梦境如此真实，而且两个人的梦又怎么能完全吻合？

于是，两人立即上网搜索，竟然一无所获，历史既没有记载黄飞和宣言这两个名字，也没有梦中细节发生过的任何痕迹。宣言猜测那个脑机接口的机器有问题，随机输入了一个故事的模型到两人的大脑里。但黄飞还是觉得梦境太过真切，真切得实在不像是一个梦。

休息一周后，两人都恢复了正常上班的生活。这日，护士告诉黄飞，当时发现他们的保安排到白天的班了，此刻正在门卫室。黄飞利用午休时间，特地买了点儿水果，去门卫室道谢。一进门卫室，黄飞吓得一激灵，梦中的吕蒙赫然站在自己面前。

"吕蒙？"黄飞用力掐了一下自己。

"我不信吕，我姓毕，毕业的毕，我叫毕到。人家都说我不应该来当保安，去送快递蛮好。"年轻的保安笑嘻嘻地自我介绍。

黄飞大失所望，颓然将手里的果篮递给他。

"哦哟，黄医生你客气了！以后有事，随时找我阿三。"

"你叫阿三？"黄飞又精神起来。

"对呀，上面有两个堂哥，我排行老三，大家都习惯叫我的小名阿三。我们自己人，我跟你说哦，我这份工作是我姐夫介绍的，我姐夫是这里的保安队长。"毕到眼神里闪过一丝狡黠，和黄飞记忆中吕蒙的神情何其相似。

黄飞激动地把宣言叫来。宣言对着毕到左看右看，忽然站上凳子，去扒拉毕到的头发。

"你干吗啊！"毕到吓得跳到了一边。

"你还记得吗？他头上受过伤。"宣言看着黄飞，指了指毕到脑后的位置。

黄飞想起来了，是自己给吕蒙做的手术，还缝了针。

于是，毕到被黄飞粗鲁地摁在桌子上，宣言扒开他后脑勺的头发，一连拍了很多张照片。

"你看，果然有痕迹。"宣言把手机递给气喘吁吁的黄飞。

"干吗啦，这是我的胎记呀。娘胎里就有了。滑稽伐！"毕到莫名其妙地被二人奇袭，十分不满。

照片里清晰显示，在吕蒙头部缝针的地方，赫然有一条弯弯曲曲的印痕。两人对视一眼，满是狐疑。

宣言试图解释："说不定我们俩之前都见过他，所以同时把这个形象代入了梦里？"

黄飞觉得牵强，但没有反驳："这个解释至少听起来还有些科学性。"

离开门卫室时，黄飞有些哽咽地对毕到说："阿三，以后我们就是朋友了，一起开开心心地玩啊。"

"好的呀，黄医生，有空来找我玩。"毕到觉得这两个医生脑子有点儿不正常，但自己一个小保安，又不敢造次，只能礼节性地敷衍一下。

走出门卫室，宣言幽幽地问道："那后来，曹操到底信守诺言了吗？毛儿和婉盈，被放掉了吗？"

黄飞无言以对。

一个月后，两人碰巧一起到上海广富林遗址参观。

导游在热情地介绍："欢迎中华医院党支部的各位医生参观

上海广富林遗址，这里的文物记载了上海几千年的历史。在开始参观之前，我先问大家一个问题，大名鼎鼎的上海静安寺是什么时候建的？"

没人能回答。导游公布答案："静安寺始建于三国时期的东吴，原名沪渎重玄寺。"

黄飞和宣言听了，相视一笑。

参观中，黄飞好像突然发现了什么，发疯似的冲过来拉着宣言就跑。在一个展品前，黄飞停下脚步。这个区域保存着三国时期留存的一些文物遗迹。黄飞带宣言来看的展品是其中一块石碑。展品铭牌上写着：

这块古碑立于沪渎重玄寺门口。上面密密麻麻的刻痕，是锋利金属所刻，证明当时炼金工艺已经发展到非常高的水平。在石上刻痕，或许是当时的某种记事或者记时习惯……

宣言一边数着石碑上的刻痕，一边在心里换算着。她最后一次见到石碑时，婉盈才刻满了一半左右。现在，刻痕又多了许多。按照约定的一个月一道，婉盈在他们离开之后，大概又活了三十年。

"他们还活着，都活下来了……"宣言激动地摇着黄飞的肩膀。黄飞早已激动得不能自已——自己总算没有白白牺牲。两人相顾无言，泪流满面。

据史料记载，公元 217 年，曹操再次南征，率军猛攻濡须口，最终击败孙权。孙权派都尉徐详求降，曹操同意，并且提议双方重新结为姻亲，允诺释放所有百姓和战俘。此后，曹魏和司马氏政权未再有过大规模的屠城。

中华医院手术室里，黄飞正在为病人做脑部手术。

麻醉科医生突然大叫："黄医生，手术操作需要暂停一下，病人血压不稳。"

黄飞抬起头："叫宣言来看一下。"

旋即，宣言进入手术室。

黄飞问道："怎样，可以开颅吗？"

宣言道："有我在，放心开。"

黄飞会心一笑，转头对助手说："好的，让我们继续。"

后记

　　转眼之间，从三国"回来"已经两年。我本想凭记忆把张仲景的著作和诸葛亮的观天象之术写下来，毕竟这都是中华民族宝贵的遗产。但说来奇怪，我怎么都想不起来。难道历史的修正力又在起作用了？

　　后来，宣言真的去参加了健康脱口秀的比赛。我也履行承诺，陪她一起参加，还拿了一个小奖状。此外，我们都开通了短视频自媒体账号。一边行医一边做科普，希望能给老百姓提供更多的服务。

　　随着时间的流逝，宣言和我对在三国的经历日益淡忘。尤其是我，人到中年，记不住的事情越来越多。我们两人在商量后决定，赶紧把这些经历都写下来，以对抗时间的磨灭，以及历史的修正力。我们不想忘却婉盈、吕蒙、张仲景、关将军和诸葛军师等很多人，以及他们所说和所做的一切。

　　其实，我们和你们一样，无论在什么时代，无论身处何方，

都深深地爱着这个国家!

可惜始终还有一个心愿未了,那就是没有见到传说中的华佗。

但我转念一想,可能华佗真的不是一个真人,而是神医的代名词,一如扁鹊,是许多中华名医的结合体。他可能是我们的先贤,我们的师长,我们的同事,我们的学生……只要拥有一颗仁心,所有为中华民族倾尽全力、拼过性命的医生,都配得上被尊称一声:华佗!

感谢所有华佗曾经的奋斗,所有现在和今后的医生都将以你们为榜样,继续奋斗下去。

黄飞

2024 年春于上海

作者后记

上面那篇后记是假的，这篇才是真正的作者后记。

两年前我萌生了一个想法，写一部历史剧，将脑科学的科普知识贯穿于故事之中。但我从来没写过小说、剧本，也不会写故事，所以我邀请好朋友——作家陈琛（虎皮妈）和我一起创作。她非常支持我的想法，也对整个故事倾注了许多心血。在上海静安寺，在华山医院，我们多次一起讨论故事的情节脉络和人物特征。陈琛文字功底深厚，很快便写出了故事梗概。我在此基础上进一步创作，让故事更加完整。然后她再修改、润色。整个合作过程非常顺利和愉快。

为了更好地完成创作，我重新看了一遍罗贯中先生的《三国演义》，也参考了吕思勉先生的《三国史话》和易中天先生的三国系列作品，还特地自费参观了无锡的三国城、上海的广富林遗址，力求亲身感受三国的气氛，以便更加充分地理解人物的思想和性格。令我感到意外的是，人到中年读三国与少年时有明显不同。尤其是对诸葛亮的解读：少年时只是看个热闹，羡慕的是诸葛孔明多智近妖、神鬼莫测的"超能力"。中年回首再看诸葛丞相，在意的却是他的晚景凄凉和独守蜀国，为他"明知不可为而为之"，以及鞠躬尽瘁、死而后已的精神所感动。少年的军师一直在笑，中年的丞相却一直在哭。写到最后，我已人戏不分，深陷于故事人物中，久久无法抽离。尤其写到蜀国部分时，几乎是一边流泪一边写，我的家人和同事因为无法理解而没少为我担心。大概是人生有所经历后，才能理解丞相的无奈和勇气，因而我不自觉地在故事中代入了自己。

希望每一位读者都能够在这个故事中看到自己，让黄飞、宣言、诸葛亮、关羽、吕蒙陪着你一起点亮人生，共同奋斗，创造一个更美好的中华。

黄翔

2024 年春于上海